LA ISLA DEL TIEMPO

Origen del contenido impreso:
http://www.zorphdark.com

LA ISLA DEL TIEMPO

Alejandro Cuba Ruiz

A quienes compartieron
su tiempo y ciberespacio conmigo.
Permanecemos.

ÍNDICE

"Hay otro mundo, pero está en este."

Paul Éluard

PRÓLOGO

"Descartando humanos, paradojas políticas y crisis económicas,
[la isla de Cuba] es bien fácil de explicar."
Alejandro Cuba Ruiz

Conocí a Alejandro probablemente en 2009. La adverbial incertidumbre de este encuentro no es un artificio del estilo, sino una concesión a la memoria: olvidé cuándo.

Pero 2009 parece un buen año, memorable en la gran historia de Cuba y en la insignificante historia personal de este prologuista. La Revolución cubana cumplía medio siglo y yo decidí emigrar. Un año digno de recuerdo también, para este prólogo, porque nos cruzamos Alejandro y yo en algún sitio entre la blogosfera y el mundo que aún insistíamos en llamar "real".

Fue amor a primera vista. Los *posts* de ZorphDark desafiaban, como saltos de una gacela virtual, los esquemas mentales de un animal nacido en otro siglo, perplejo sobre su promontorio obsoleto. Yo reposaba sobre el canon universitario: los clásicos, los imprescindibles, los maestros... Mi pradera aún olía a papel. De hecho, el "olor del papel impreso" era uno de los argumentos de quienes militaban contra el libro electrónico. Alejandro corría en otra época.

En su blog, este muchacho con cara de Wally lanzaba bits contra los moldes del tiempo, la Historia, Dios, la existencia humana... Como cualquier jovenzuelo rebelde (no siempre redundante), que levanta su pantalla escudo contra el racional absurdo de sus progenitores. Sin embargo, evitaba el imán que obsesionaba a otros de su generación: la política.

ZorphDark, el corredor inasible

En 2008, unos meses antes del nacimiento de ZorphDark, el torbellino que ha unido y destrozado generaciones de jóvenes cubanos reunió a un manojo de veinteañeros en La Habana. De ese encuentro surgió BloggersCuba, una plataforma plural, inconforme, libre. Y aunque no todos se lanzaban al ruedo de la política, ella los observaba con el ojo fatal del verdugo.

A ese enjambre se unió Alejandro, el ingeniero informático, atraído quizás por el reto de crear a 56 kbps; y ZorphDark, seducido tal vez por la promesa de ese puñado de juventud hermosa, ebria de inocencia, segura de que ella sí protagonizaría el cambio.

Pero Alejandro nunca creyó en cargas al machete contra los pelotones de fusilamiento que terminaron por diezmar a BloggersCuba. No por cobardía, no por temor a morir en un asalto imposible al búnker que se vislumbra en muchos de sus textos. Él prefería correr en el carril paralelo, donde la gravedad de la Revolución apenas se sentía como un eco.

"*Falta un tiempo para que nuestra blogosfera emita el resplandor que debía haber reflejado desde hace muchos años*", confesó una vez. "*La sociedad cubana podrá elevar su nivel cuando los que se han adjudicado el papel de decidir por nosotros nos permitan iniciar el recorrido por el siglo XXI*", escribió en una rara referencia al gobierno de Cuba.

Al lado de los panfletos que publicaban algunos de sus colegas de BloggersCuba, esta declaración escapa a la balacera que arreció luego. BloggersCuba pereció oficialmente en 2014 (según su cuenta en Twitter). ZorphDark ha continuado publicando en su blog hasta hoy.

El archipiélago

Una franja de los textos de ZorphDark no disimula su pertenencia a la realidad de esa falsa isla: Cuba. Alejandro se disfraza de cronista para catalogar sus frustraciones con la telefonía celular, la conexión a Internet, el transporte público, los cortes de electricidad, las epidemias, la ciudad que se derrumba, el calor… Se disfraza, insisto, porque el historiador no encontrará en sus *posts* un recuento objetivo de los días, sino imágenes fugaces, la impresión íntima de una época.

El lector extranjero puede perderse en ese laberinto de escenas cubanas de las primeras dos décadas del siglo XXI. De su extrañamiento lo salvará, acaso, la curiosidad. Y aceptar los anacronismos de un país varado, al menos en parte, en un milenio que vio nacer a Jesús y caer el Muro de Berlín.

Cuba en 2009 es un pueblo tapiado con imágenes de un fantasma sonriente. Merodeará aún durante siete años, como una maldición; publicará *posts* descabellados, que sus heraldos repetirán mientras los siervos se burlan a puertas cerradas. En otra dimensión (otro carril), Alejandro escribe su fervor.

En esa encrucijada, Cuba se contorsiona y hasta parece (la posibilidad juguetona) que dará a luz al primogénito de la libertad. Luego ocurre el aborto predecible. Pero de la criatura que no fue emerge un archipiélago. Alejandro, aunque tiene 29 años cuando sale de Cuba en 2015, es hijo de ese estallido de islas. Se va para "*bloguear, jugar, twittear, feisbukear, youtubear, wavear y participar en nuevos proyectos*", huye de "*las crisis de 0 bytes*" y "*el hedor de tiempo limitado antes de llegar a fin de mes.*"

Lo veo, sonrisa que pretende ingenuidad y espejuelos de *geek* en el retrato plural de una generación de *millennials*. No es el retrato del hombre nuevo, la utopía muerta en la génesis de una Revolución que prefirió cercenar a sus hijos; tampoco la estampa victoriosa de la igualdad, que vestida de discursos quiso ocultar la voluntad unánime de un régimen totalitario.

En el retrato conviven, como en cualquier otra generación, el mártir y el vividor, el virtuoso y desalmado, el sobreviviente y el apóstata. En los claroscuros de esa pluralidad entrevemos el cambio de era, la ruptura. Cuba despierta en la segunda década de los años 2000 por el vocerío de los pájaros azules que aprenden la libertad en 4196 islas, islotes y cayos. El mismo mar aún los mece, pero no volverán a fundirse en el eje de la isla grande.

Ideas libres

Alejandro puede culparme a mí y seguramente a otros amigos por la edición impresa de una selección de sus *posts*. "*Las páginas de este libro ofrecen puntos de partida*", ha escrito con modestia. Nosotros, los que creímos en su blog, entendemos que su calado trasciende ese nivel introductorio.

La incursión de ZorphDark en los dominios de la Literatura toma por sorpresa a los guardianes de la tradición. Les dispara por la espalda decrépita de la linealidad, los acribilla con proyectiles hipertextuales.

Él no desciende de la comarca del periodismo, esa profesión casi ficticia en Cuba; tampoco emerge de las profundidades de las Artes y las Letras. Alejandro conoce, empíricamente, algunos trucos del estilo, aunque carece de un diploma en humanidades. No lo necesita. Nadie ya en este tiempo de cánones quebrados.

La conversión de sus textos al papel bidimensional ha exigido un *tour de force*. La hoja impresa solo puede remedar con torpeza las acrobacias del hipertexto. Sin embargo, esta limitación que Alejandro califica como taxonómica, no coarta la libertad esencial del lector frente al libro que estas líneas prologan.

No reinventa la rueda, claro. Las referencias a textos que saltan el orden convencional recuerdan, por ejemplo, el tablero de dirección de Rayuela. Tampoco el uso del lenguaje impresiona al conocedor de la literatura contemporánea.

¿Por qué atravesar entonces este libro, otro en el catálogo infinito de la escritura?

En la constancia de ZorphDark, en la improbable realización de esta obra, en la historia que hace legible su singularidad, la libertad triunfa. No hay conquista mayor para quien nació en una isla. Yo no puedo entonces, desde el estrado parcial del prologuista, sino invitarles a leer estas páginas enlazadas por un hombre libre: mi amigo Alejandro Cuba. Él estaba predestinado para apretar ese botón y escribir su país.

Boris Caro

Montreal, 28 de agosto de 2020

INTRODUCCIÓN

¿Por qué intentar convertir un blog en libro?

De la variada gama de medios que existen para transmitir ideas, el libro impreso tiene elementos clave que habilitan la transición entre el mundo digital, y la posibilidad tangible de hojear. Estas páginas conservan lo que comenzó siendo información que viajaba de un terminal a otro en el ciberespacio. El acto de deconstruir un blog hipertextual para llevarlo a las manos de otro público es tanto un desafío a las ventajas del medio digital, como tributo al formato de lectura tradicional. Y de eso trata en cierta forma el contenido de varias secciones: de la transición hacia otros espacios y realidades.

El contenido es tan misceláneo como la variedad de ideas anotadas durante más de una década en el blog original. De esa disimilitud, no obstante, se puede extraer un conjunto de temas centrales. Alrededor de ellos se construyen las seis secciones que tratan de ofrecer cierto grado de organización a un contenido que proviene de un medio más complejo. Las ventajas taxonómicas de lo digital fuerzan casi cualquier intento de impresión a reducirse a la agrupación por secciones e índices.

El contenido

"Posteriores a esta década" (p. 1) nos lleva a ese lugar futuro donde uno puede analizarse en retrospectiva, para ayudarnos a transitar desde nuestro pasado hacia el punto donde nos estamos describiendo.

"De la isla" (p. 43) es crónica, historia, liberación, ansias de significado. Es catarsis, emociones. Los textos van en busca del equilibrio entre lo que nos formó como individuos y lo que heredamos de las utopías frustradas que ha sufrido desde su colonización lo que es hoy la isla, mejor dicho, el archipiélago de Cuba.

Con "En el eje /Z" (p. 129) se rompen las barreras del mundo tal y como nos lo hicieron entender desde nuestras primeras interacciones sensoriales extraútero. Esta sección explora el ciberespacio, algo que las próximas generaciones de humanos continuarán. Los textos se asoman a la brecha que separa nuestra comprensión del mundo "real" del "otro", que se nos revela a través de mediaciones digitales.

En "Autoestereoscópicas" (p. 195) abunda la introspectiva, el análisis de la singularidad que nos hace humanos. Estas páginas se dejan deshacer, para que nos observemos desde fuera, como si estuviésemos leyendo a otros que escriben sobre sí mismos.

"Desde el más acá" (p. 281) recuerda nuestra posición como exploradores y la inminencia de proteger nuestro punto de partida, sin cuya biosfera podríamos acabar atrapados para siempre en este planeta.

"Dios, que en paz descanses" (p. 339) no culmina el recorrido iniciado en la génesis antropocentrista, donde el ser humano recrea cómo pudo haber sido su antes, y lo que viene después. En cambio, esta última sección experimenta con el proceso del ciclo de creación y transición.

La extensión de los textos varía en extremo. En más de una página se puede encontrar un entramado de mensajes que se mezclan, tal y como los pensamientos que los originaron. El proceso de escritura intenta transcribir, del modo más preciso posible, las ideas concebidas por el autor tanto a la espera de un ómnibus como iluminado por un quinqué, o ante el impacto de una pieza de arte.

Hipervinculando

Considero influencias directas de estos *posts* las primeras novelas de Douglas Coupland, el trabajo de otros *bloggers* cubanos que se destacaron entre 2008 y 2012, las películas *The Matrix* y *Ghost in the Shell*, la limitación inicial de 140 caracteres para dejar una idea en Twitter, toda la bibliografía consultada durante mis años de carrera de Ingeniería Informática, y los debates de la comunidad de ciencia ficción dentro de los límites geográficos de Cuba. Más un sinfín de obras de arte de múltiples clasificaciones, que podrían ser descendientes del surrealismo y del realismo mágico latinoamericano. Todo ello generó la curiosidad necesaria para comenzar a redactar en forma de microtextos.

¿De cuántas maneras se puede leer el libro?

Una de las consecuencias de la compilación de textos desemejantes es la imposibilidad de invocar un género literario tradicional como sombrilla. Los humanos tratamos de clasificar, agrupar y hallarle nombre a todo, por lo que categorizar este libro puede resultar un ejercicio intelectual interesante. Aclaro: ser encasillado dentro de un movimiento específico, o asignar una clasificación al conjunto de ideas aquí contenidas no es el objetivo que persigo. En honor a la descentralización del ciberespacio donde inicialmente fueron almacenados, los textos continuarán circulando, abiertos a la interpretación de cada persona y sin más etiquetas que las originales.

Como aún no se desarrolla un método de orificios y rasgado entre páginas para entrelazar los textos, la solución visual más idónea que encontramos fue la anotación de enlaces textuales. Hay dos tipos de enlaces en el libro: Los enlaces directos conectan las páginas que contienen una sola idea redactada de modo no lineal. Los enlaces relacionales listan algunos de los textos más afines al que se está leyendo. Con esa solución hipertextual el libro se puede leer, como mínimo, de cinco formas.

Es probable que a la mayor parte de los lectores les resulte más cómodo progresar linealmente, hasta que sientan la curiosidad suficiente para saltar hacia alguna de las páginas sugeridas por un enlace. Para que seguir el rastro de lecturas lineales y discontinuas no resulte abrumador, se recomiendan dos marcadores: uno para la lectura lineal, el segundo para seguir la ruta imprevisible de los enlaces. Puede comenzar a leer en cualquier página, con pausas de reflexión, hasta que descubra cuál es su página final propia. Alternativamente, puede consultar los índices como guía de navegación.

Entre papeles y píxeles

El blog original, http://www.zorphdark.com, sirve de apoyo a la lectura, y para continuarla si lo desea. Mientras el libro quedó estampado en el tiempo, a inicios del proceso de edición en junio de 2020, el blog sigue creciendo.

En última instancia, se hace un libro para ofrecer puntos de partida, y se lee un libro para encontrar ideas y desarrollarlas por cuenta propia. Casi la totalidad de estos textos están redactados sin una culminación, para que sigan fluyendo en cada experiencia de lectura. Y que sean los lectores quienes tengan la oportunidad de completar el proceso que se inició con la escritura.

POSTERIORES A ESTA DÉCADA

Bloguecer

Esto es un blog después de 2012.[1] Después de muerto. Cuando los últimos servidores de respaldo deberían estar encendidos. Blogsoletos. Sin ser humano alguno que volviese a publicar otro *post*.

Acaricia la atmósfera el éxodo de emisiones de radio. Antes de continuar hacia el espacio, en busca de quien capture y procese cualquier caracter.

De *post* en *post* hacia el universo. Como si el receptor ideal en una noche de verano pudiera acostarse frente a las estrellas y jugar a comprender.

Apenas se entiende. Ninguna bitácora tiene derecho a morir. Publicar para el espacio es vivir.[2]

2013.01.16

---

[1] De 2012 hacia atrás · 32
[2] Desde el ciberespacio · 177

Turismo

Si me ven meses atrás, convénzanme de no publicar esta página. Me ayudará a comprobar si los viajes al pasado tienen éxito.

2009.06.02

· 1985 · 37

¿Para qué decir "*ahora*"?

El presente es una de esas representaciones temporales que se esfuman justo antes de que podamos medirlas.

2009.11.15

Asimilación lineal

Niños, nuestros antepasados leían de principio a fin los textos.[1] En vez de repasarlos en busca de contenidos relevantes.

2010.11.02

[1] Texto plano · 191

Time travel

Había dos veces…

2010.11.04

· Hipótesis del retardo · 289

Disimulando agüeros

Les encanta asegurar que el conocimiento del futuro solo es posible cuando la información involucrada no impida ese futuro.

Pero si le damos dos o tres vueltas al asunto, podríamos retorcer hasta el punto crítico los acontecimientos. Con cuidado, pues más allá del umbral la profecía se torna ambigua. Y justo por debajo de la incertidumbre está el tensor de las Parcas, remendando el porvenir para que nadie se las dé de clarividente o de agorero.

2011.04.09

Desde cero

El capitalismo ha muerto. El socialismo también.

Las nuevas oportunidades colisionan en las mentes saturadas de escarcha nuclear. Con sabor a la bomba que nunca explotó.[1]

2010.12.25

[1] Seis minutos para la medianoche · 120
· Purga · 29

Recién llegados

La ausencia de pasado nos permite hacer lo que nos dé la gana con el futuro.

2010.11.16

Déjà vu

Las posibilidades de recorrer el futuro[1] a través del examen minucioso de un viejo libro de historia no son nulas.

Ciertas precogniciones tienden a disimular sus anomalías mediante el análisis de hechos recurrentes archivados en la colectividad de nuestras memorias.

2009.10.21

---

[1] Hábitat · 192

Permutación escatológica

El intento de deducir el destino final de la humanidad empleando una y otra vez diferentes escenarios apocalípticos. Para que las probabilidades permitan que alguno de sus vaticinios[1] acabe de funcionar. Algún día.

2010.12.09

[1] El nuevo apocalipsis · 30

Biohackers

Los organismos genéticamente modificados deben estar gestándose en uno de esos garajes convertidos en laboratorios, no lejos del Biogénica Valley del futuro.

Los minicervatillos rosa de pespuntes fluorescentes tienen el potencial de inundar el mercado. ¿Quién no desea un Stich de mascota, un mono de tres cabezas o un velociraptor?

A los seres de ficción no les queda mucho por brincar hacia este lado del imaginario. Donde se puede vomitar ciertos ácidos, respirar monóxidos, e infestar de vez en cuando a algún que otro ser humano.

2010.10.27

· H+ · 169

Cementerio social

Si la Web no cesa antes, Facebook habrá muerto décadas después de especializarse en el almacenamiento de recuerdos de cadáveres.

2012.02.27

· Ciberamigos · 205

Capacidad de asombro

¿Cómo reaccionarías si supieras que nací en noviembre de 1542? ¿Y que regresé de 2088 para volver a conocerte?

Desde un futuro donde la realidad supera la ficción,[1] la nostalgia se torna sorpresa.

2014.10.20

[1] 24 de enero de 2027 · 39

Falso presente

¡Me importa un carajo lo que pienses! Tus neuronas no reaccionarán lo suficientemente rápido como para comprender que voy de prisa.

Tus nietos se mean de la risa y tu abuelo cita al todo-relativo. "*La velocidad con que percibimos la realidad, la percepción del tiempo, el eterno playback en que vivimos*"- piensas, tras omitir eternamente[1] cada nano multiplicado por diez a la menos nueve segundos.

¡Me importa otro carajo lo que pienses! Porque ya estaremos lo suficientemente lejos como para no escuchar susurros fósiles que oscilan a la frecuencia del olvido.

2010.01.29

[1] ¿Para qué decir "*ahora*"? · 5
· Intermitentes · 138

Interescritura

No lo entendieron, pero las técnicas de narración del futuro se desarrollaron entre hipervínculos.[1]

2012.02.20

[1] Rastros · 23

Galería del tiempo

Desde el instante en que se active una matriz de refracción variable en órbita, podremos consultar lo que sucedió a partir de entonces en cualquier punto del planeta. Sin tener que almacenar un solo bit de información.

2010.10.03

· La isla del tiempo · 125
· Hipótesis del retardo · 289

Cuando sea grande

"Las bondades de tal profesión..." -insisten los padres frente a sus hijos. Para que la mayoría de ellos terminen especializándose en áreas que aún no existen.

2010.04.06

· *Web of Data* · 183
· 26 de enero de 2027 · 274
·*Reservoir dogs* · 342

Prospectiva

from: zorphdark@deimos
to: troods@sepphira.tralas.edu
cntt-type: text
language: old-es
date: 3916213200

Estimaddo TroODs, cuesta tanto compremder el español antiguo qe ningún estudiante dla nueva mattrícula se encuentra enterested en la studio de los viejos textos d América Sur y d España.

El orgullo d aquellos engenieros y filosophos qe visionaban una generatión qe recopilase cada-1 d sus ideas se esfuma con cada period qe pasa.

1 vez más insisto en discutir mi propuesta 366FA to evitar que la centralizatión[1] sepulte la infinité d obras qe aún no han sido traducidas.

Con apprecio,
ZorphDark

2010.01.27

[1] Centralización · 101

Asteroides de papel

Me cago en esos *frikis*, Capitán. Hemos vuelto a impactar con otra señal de: *"Por aquí orbitó la Tierra hace un año."*

2010.01.10

Adiós al tacto

El placer de poder escuchar:

"Papá, concéntrate en la pantalla. Y por favor no la toques, que con los dedos no se puede hacer casi nada."

2010.04.22

· Adiós a las piedras · 170

Rastros

1. Desdoblar páginas de términos organizados de la A a la Z. En busca de un significado.
2. Recorrer hipervínculos asociados a criterios de búsqueda dinámicos. En busca de otros hipervínculos que conduzcan al eje de la expresión.

La linealidad de los métodos tradicionales parece envejecer frente a los nuevos exponentes de la gestión de la información.

2009.10.19

· Interescritura · 17

Viñetas holandesas

¿Por qué canal me dijeron que transmitirían el próximo sueño de Xapprical Escher?

Oh, lo siento, publiqué bajo una fecha incorrecta. He vuelto a confundirme de década.

2010.01.20

Pequeños internautas

Deberíamos considerar el enfoque que tienen los niños acerca de la Web. Pues por ahí debe andar la cosa.

2010.12.22

· *!= "Generation++"* · 363

Rosetta

Igual puedes pasar por aquí. Y dejar todo esto transcrito en Lineal B para que alguien más pueda echarle una ojeada en el futuro.[1]

2014.12.29

[1] Pergamino · 327

Gettin' older

Viajas al futuro y recae sobre ti todo el peso del tiempo transcurrido.[1]

2012.03.13

[1] *Et in secula seculorum* · 35

Club de lectura

- *"Actualicen el PDF. Revisen los últimos comentarios."*

Y el hilo de impresiones se enriquecía en tiempo real, caracter a caracter, desde el mensaje inicial de la coordinadora. Allá donde los viejos turnos para tomar la palabra transformaban su rutina en peticiones y envíos a partir de un protocolo dedicado a gestionar el texto de cada hebra.

Un análisis literario intenso tornaba indetenibles las conclusiones de la obra, acercando el redactar a longitudes de lo no lineal, como si los límites careciesen de algún significado.

Hasta que el autor ensartó desde un servidor remoto la penúltima glosa, desde la cual sus lectores retomaron la paráfrasis del documento. Una vez más.

2009.08.20

Purga

Las cucarachas sí esperan por un apocalipsis nuclear. Esa es su esperanza.

Para dejar de ser aplastadas por quienes rociaron soluciones químicas sobre sus ancestros. Y consumir lentamente los vestigios de la otrora superficie del planeta.

2010.10.15

· Refugio nuclear · 112
· Seis minutos para la medianoche · 120
· Desde cero · 9

El nuevo apocalipsis

En mayo se acaba el mundo. Cuando las flores alcen el vuelo sin conocer su 92% de probabilidad de sobrevivir.

A menos que los profetas declaren fatídicos otro intervalo de meses, poco antes de la gran final.[1]

2010.03.26

[1] De 2012 hacia atrás · 32
· Seis minutos para la medianoche · 120
· Permutación escatológica · 12

Twitteratura

Su avidez recorría síntesis literarias sobre una diminuta pantalla. Seis grandes obras hojeadas en menos de un minuto.

Apaga su móvil. Descansa. Y sueña otra vez haber leído.

2009.07.19

· Sainete digital · 150
· Texto hueco · 240

De 2012 hacia atrás

Quienes viajan constantemente hacia atrás en el tiempo [1] aseguran que el postapocalipsis lo estamos sufriendo ahora.

2010.02.10

[1] RETROceso · 127
· El nuevo apocalipsis · 30

Cuando seamos adultos

Nuestra peor pesadilla la tendremos con los ojos bien abiertos. Frente a unos de esos videojuegos de los que no puedes escapar hasta que finalices el nivel.

Aunque gires la cabeza y retuerzas todo el cuerpo.

2010.10.09

· Cuando era niño · 168
· Cuando sea grande · 19

Cápsula de tiempo

Apenas quedan cielos grises condensados de estática. A lo lejos, donde descansan los horizontes de entornos en alta definición.

Desde el interior de una zanja húmeda se alza el brazo de una excavadora, arrojando hacia la superficie toneladas de tierra y un recipiente roto.

"Hola, ¿aún existimos?"- ondea por los aires un papel rasgado, escrito en una lengua muerta.

2009.09.17

Et in secula seculorum

¿Atrapaste al destino? Porque los siglos de los siglos transcurren a la velocidad del concepto.

La audiencia activa de la cual se espera un salto al primer plano incrementa la intensidad de los aplausos en cada vez menos margen de tiempo.

Se escucha un ligero baudio... que colapsa en cuanto lo escuchas.

Delay. Echo.

El tiempo es de mentira. Los gatos, la mascota favorita de Internet. Gaznápiros de mantequilla. Quienes venden constituyen la industria. *This is not here.* Apoyar los codos en los brazos de una silla. Mantener la espalda en línea recta.

2011.08.31

· *Gettin' older* · 27
· Cortejo en baudios · 158

En la lejana Spitsbergen

No se debería masticar semillas de Svalbard.

Solo hasta que algún software comience a codificar genes con dedicación de jardinero.

2010.03.18

· El semillero del diablo · 329

1985

En un modelo de tiempo lineal, sin bifurcaciones, solo es posible alterar la ubicación del planeta a un punto *P(x,y,z,t)* dado, si las acciones involucradas no impiden su reposicionamiento.

Por ejemplo, retrocediendo 25 traslaciones a partir de este mismo instante, no podrás jugar las cartas de la guerra fría, o alertar a la población de Prípiat. Ni impedir que esta nota sea publicada.[1]

2010.11.11

[1] Turismo · 4
· Carrera armamentista · 328

Rezagadas

Las páginas sobre el futuro deberían ser etiquetadas como historia. Por múltiples razones:

- Se encuentran realmente escritas en falso presente.[1]
- En algún momento los temas que abordan pasarán a ser historia.
- Lo irracional no existe.
- El infinito no existe.[2]
- El tiempo tiene trazas de manzana.

2012.02.24

---

[1] Falso presente · 16
[2] Arrancando pétalos · 326

24 de enero de 2027

Éramos pobres. No teníamos nada. Y ahora con un par de tics podemos aumentar el mundo.[1] Nuestras sensaciones.

Ganar dinero. Porque la gente consume lo primero que le venga a la mente. Como en la antigua mensajería plana.[2] De imágenes y videos sujetos a la misma geometría de ángulos rectos.

El mundo es oro. Sin refinar. Repleto de impurezas euclidianas que deben ser retocadas por los nanoprocesadores del globo ocular durante el pestañeo. Para que cuando abramos los ojos tengamos lo que hace años no podíamos ser capaces de imaginar.

2011.01.24

---

[1] Hábitat · 192
[2] Texto plano · 191
· 26 de enero de 2027 · 274

Años veinte

El futuro lo estamos construyendo ahora, por más que intentemos dejar de participar en él.

2019.08.30

Generation pass

Éramos el futuro. Y ahora somos un montón de gente con pasado.

2015.06.30

· Falso presente · 16

III

DE LA ISLA

Allá

De regreso a donde pensábamos que íbamos a ser jóvenes para siempre.[1]

2018.11.20

1 *Generation pass* · 41

Isla de Cuba

Ubicada en el Mar Caribe hacia los 23°8′ N 82°23′ W, entre miles de cayos y un clima tropical, presenta una geología variada, tierras fértiles y una rica biodiversidad.

Descartando humanos, paradojas políticas y crisis económicas, es bien fácil de explicar.

2009.11.03

De fibra óptica

El libro *Nos tendieron un cable* es el deleite. Un *bestseller* cubano. El texto que podría haber generado escándalo de haberse publicado hace un par de décadas, cuando la conspiración submarina era tan profunda que ni las dudas flotaban.

Es necesario que el tiempo transcurra para poder recopilar suficientes datos. Mientras más margen de tiempo separe la actualidad de la historia, lo que pudo haber sido noticia[1] pasará a ser epopeya.

¡Ay de nosotros hace años! Comiéndonos un cable. Sin la más remota idea.

2013.03.19

---

[1] Hasta el día menos pensado · 69
· *localhost* · 79
· Activos · 102
· Descargando · 185
· De pinga... · 99

Ad æternum

Puedes hacer mucho para que parezca que no se ha detenido el tiempo. Y las manecillas continúen[1] dando revoluciones en falso.

2011.04.13

[1] Irrevocable · 336

iPatria

¿Quince mil píxeles por hora? A ese ritmo pisarás el otro extremo de la isla.[1] Atraerás el grafiti que pueda deslizar su tinta sin fracturar las paredes. Te acusarán de silencio. Serás el artista que decida acogerse a las especificaciones descritas en la constitución RFC que mejor te parezca.

Lienzos de cancillería. ¿Cuán rápido estamos moviéndonos? Puerto 21, 23, 80. Patria chica para interconectar este con oeste, izquierda con derecha.[2]

Si podemos rellenar un formulario con nuestro perfil y digitalizar nuestros pensamientos, ¿quiénes somos en realidad? El deseo de proyectarnos a través de un avatar sobre el espacio que creamos[3] refrena el ansia de ajustarnos al mundo que mejor conocemos.

Joselillo esculpe el mármol en busca de epitafios. Pepe vende viandas fracturadas. Manolo González realiza de lunes a miércoles examen bioenergético.

Nadie quiere morir.[4] Ni en iPatria vivir. *Nec mortale sonans*, su voz no suena como la de nosotros. Pues cuando se te duermen los pies recae sobre ellos todo el peso del mundo.

El Malecón ya no luce pobre.[5] El borde del abismo que puedes mojar con tus dedos. *Running to the edge of the world*, pues los

---

[1] Isla de Cuba · 46
[2] Intersección de intereses · 104
[3] Hábitat · 192
[4] Desde el ciberespacio · 177
[5] Crisis de ensueño · 126

que redactan sus muros desearían bojearlo. Y cubrir el terreno sumergido todos estos años. *Par pro pari referre*, iPatria mía.

Soñar que se te vienen restos de edificios encima.[6] Y despertar en Centro Habana pixelada. Rodeada de Cerro y Habana Vieja.

2011.10.02

[6] Caminando por La Habana · 66

Reciclando

Los carteles de *"no botar escombros"* se redactan sobre cartón y madera recogida de los mismísimos escombros.

2012.06.18

Desfasaje

Desde aquí se puede conocer el futuro, pero apenas vivirlo.

2009.08.22

Para la reconstrucción de La Habana

¿Cuánto tiempo falta?

___ Quinientos días.
___ Quinientos meses.
___ Quinientos años.

2019.11.16

· Principios cubanos de la reconstrucción · 89
· La isla del tiempo · 125
· Caminando por La Habana · 66
· *SimHavana2012* · 76
· Crisis de ensueño · 126

Entropía

Tendencia del personal de algunos establecimientos gastronómicos a disponer de las mesas de los clientes para maximizar el desorden. Y de paso elaborar sus registros contables.

2010.11.04

· Guarapo 3D · 83
· Estrategia del quinqué · 75
· La Catedral del Helado · 106

Cubacel

Su saldo de cuenta es nuestro y expirará el día menos pensado. Su cuenta termina cuando más necesite de ella.

2011.06.06

· *Ring-a-ling* · 113

Epopeya de un relato

Refugiado en el olor de los fragmentos, se desliza hacia la página siguiente de su libro de historia.

Y en el parque, los héroes. Incrustados en la loza con sus túnicas de mármol.

2009.06.26

· Culto a la personalidad · 63
· Alternativas · 175

Upgrades

El viejo faro de cal y canto del Castillo de los Tres Reyes del Morro fue reconstruido en 1845 sobre la recién erigida torre de sillería a 44 metros del nivel del mar.

El nuevo resplandor podía advertirse a 65 km de distancia de los lentes escalonados que rotaban en torno a un prisma octogonal.

Finalizando la Segunda Guerra Mundial se electrificaba todo el sistema de alumbrado.

Habrá que ver qué sucede cuando se le incorpore una matriz LED, alguna que otra antena wifi y un punto de enlace satelital.

2010.09.16

· Torrente habanero · 91
· La isla del tiempo · 125

Diferendo químico

Los primeros cubanos procedían de la Florida. La tierra al norte del estrecho que separaba al perezoso de nalgas gigantes de su extinción definitiva.[1]

Pescar al fuego. Avistar manatíes. Sembrar chozas. Delinear pictogramas de almiquíes. Para que los conquistadores del futuro puedan redactar crónicas[2] acerca de la transmutación de aborígenes en oro, oro en azúcar, plantaciones en corrientes ideológicas, [3] contradicciones en mambises rodeados de artillería.

¡Bienvenido el siglo XX! Saneamiento de postguerra. Sabor a fruta madura. Vacas flacas, vacas gordas. Filosofías revueltas. Poder de la alquimia. Fisión espontánea. Nueva isla filosofal. Radiactiva. Desintegración beta. Ósmosis de electrones hacia el norte. Bloqueo dipolo. Embargo magnético. Menos y más grados de libertad. Más y menos grados de resistencia. Solución alcalina para aquellos cuantos que se arriesguen a cruzar el acelerador de partículas de los años '90.

¡Acábate de ir, siglo XX! Pues no llega el veintiuno. Gramos que pierde una doctrina al morir. Peso del alma. Número defectivo. Que debería ser mayor que la suma de todos sus siglos divisores, exceptuándose a sí mismo y a los que codician la irrevocabilidad[4] de la energía.

2011.05.11

---

[1] Cadena alimenticia · 325
[2] Calendas · 107
[3] Rendición de cuentas · 65
[4] Irrevocable · 336
· La isla del tiempo · 125

Defensa civil

El enemigo del pueblo es el propio pueblo.

2014.01.31

· iPatria · 49
· Tu enemigo es el Sol · 288

Móntate, que te quedas

Los Principios cubanos de la transportación[1] no proceden para el resto de los humanos.

El transporte en Cuba es un experimento.[2] Si lanzas una moneda, aparecerá el ómnibus por un lado. Y tú en la acera contraria, respirando lo suficientemente rápido como para lograr que el ácido de la sangre desaparezca.

- Evitar la sensación de ahogo que produce pensar en una olla urbana de pasajeros.
- Reducir los niveles de P-dependencia.[3]
- Orientar el pulgar hacia donde alguien te conduzca.
- Soportar el estribillo de la misma canción.
- Llegar a tu destino con $10 o $20 pesos de menos, con los zapatos limpios, conformes, desilusionados.

2012.01.06

[1] Principios cubanos de la transportación · 64
[2] http://estonoesunbailable.wordpress.com/2009/09/16/teoria-de-la-relatividad-cubana
[3] P-dependencia · 96

$[Ne]\ 3s^2\ 3p^3$

La mayoría de ellos viene sin cabeza. La Empresa Nacional de Fósforos *nunca* va a quebrar.

2009.08.26

Día tal del año tal

Hojeando la textura de sus páginas impresas, lanzo el periódico hacia un lado mientras vuelvo a preguntarme: *"¿quiénes redactan la historia?"*

2010.01.10

· La isla del tiempo · 125
· La crisis incorrecta · 81

Culto a la personalidad

El arte de modelar héroes sin defectos. Para que la gente los observe desde niños con devoción ferviente.[1]

2010.01.16

[1] Fin de los tiempos · 360
· Alternativas · 175
· Epopeya de un relato · 56

Principios cubanos de la transportación

- El proceso de adquisición de nuevos medios de transporte no incluye las etapas de adaptación y mantenimiento.
- Los autobuses urbanos deberán recoger los pasajeros a no menos de 100 metros de la parada oficial.
- Entre ciudadanos y ómnibus se encuentra concebida una relación sumamente estrecha.[1]
- Ante un peligro de derrumbe,[2] proyectar el terreno subyacente para futuras zonas de aparcamiento.
- Estacionamiento de vehículos a ambos lados de las calles de un solo sentido.
- Circulación de tractores, bicitaxis y carruajes por las sendas de alta velocidad.
- El tránsito de los peatones se efectúa por el medio de la vía.
- El tránsito de los ciclos se realiza por el medio de la acera.

2010.10.29

[1] P-Dependencia · 96
[2] Principios cubanos de la reconstrucción · 89
· Caminando por La Habana · 66

Rendición de cuentas

Los independentistas del pasado hubiesen sentido pena por los reformistas del futuro.

Cuando las contradicciones[1] y la falta de representatividad[2] se agudizan, habría que echar mano a algún buen libro de historia. Para analizarnos con vergüenza.

2010.11.06

---

[1] Diferendo químico · 58
[2] Ustedes · 123
· *Phobeomai* · 109
· La historia de Cuba contada por los gatos · 77
· La historia de Cuba por etapas · 86

Caminando por La Habana

Lo divertido de conocer las cuadras que nos separan de un destino es que a medida que caminamos tenemos la posibilidad de dividir el trayecto[1] en números fraccionarios.

De manera abstracta, no sea que un cociente termine de rajar alguno de esos edificios.

2009.10.09

---

[1] Inexactitud · 304
· De vuelta · 118
· Crisis de ensueño · 126
· *SimHavana2012* · 76

Centro Habana contra el mosquito

Obsesionados con los recipientes de agua, me visitan cada semana para contar los tanques del patio y volver a firmar mi copia del Modelo 91-09 del MINSAP, dedicado a la lucha antivectorial.

Hasta el momento no han detectado ningún *aedes* en mi vivienda, pero vuelven a encender el motor del cachivache de fumigar. El pestilente humo con sabor a petróleo mata moscas y cucarachas. Y su denso color blanco oculta las huellas de fango que traen los inspectores en sus botas, tras cruzar el río de fosa que recorre las aceras de lado a lado. Ése que aún no existe en los informes de sanidad.

2009.06.15

· *Vibrio cholerae* · 92
· Belicismo · 108
· *LAN Party* · 141

Apagones aleatorios

Los cortes de luz[1] se tornan cada vez más frecuentes. Sin previo aviso, a cualquier hora. Como para no dejar huellas.

Los más cortos duran minutos. Otros son consecutivos. Diseñados para que se olviden pronto.

2009.06.03

---

[1] ¿Apagones? · 73
· Seis cortes más · 70

Hasta el día menos pensado

Sentir que a tus máquinas se les va la vida. Cocinar con velas. Alternar el gas de balita con la llama de la vela. Leer el impreso de la caja de los fósforos.[1] Reintentar con el "*hay congestión en las líneas*". ¡Maldito 188-88![2] Echar una baba al aire. Vaciar de ideas la mente.

Suponer que lo que respiras es aire. Fantasear con la 110 y la 220. Tocar el cable. Morder el cable. Tenderte exhausto. Por vencido.

El primer ch1spaz0.[3] Ha llegado la luz! Fichas de dominó por los aires. Olor a cerveza, ron, *reggaetón*. ¡El gas, el agua! El vecindario exaltado... ¡*Aché* para los vecinos!

2011.04.06

---

[1] [Ne] $3s^2$ $3p^3$ · 61
[2] Estrategia del quinqué · 75
[3] Seis cortes más · 70
· *Aché* napolitano · 74

Seis cortes más

Con los equipos adecuados, el estrés pudiera generar energía eléctrica. Así se solucionaría nuestro problema.[1]

2009.06.16

[1] Apagones aleatorios · 68
· Estrategia del quinqué · 75
· El queme · 250

Parte del tiempo

El fenómeno meteorológico Paula ha disminuido en intensidad en las últimas horas a lo largo de su recorrido desde occidente.

Pero justo al rozar La Habana se encuentra con media ciudad apagada o sufriendo la intermitencia de cortes eléctricos.[1] Las tejas se incrustan contra el lodo que rebosa el alcantarillado. Y los ladrillos sudan y sudan hasta que el Sol los marchite temprano en la mañana.

La capital está preparada para ciclones. No para tormentas tropicales.

2010.10.14

---

[1] Seis cortes más · 70
· Caminando por La Habana · 66
· *SimHavana2012* · 76

Libreta de abastecimiento

Cuadriculada y pequeña. A medio rellenar. Para el control de ventas.

De papel y cartón. De unas 10 hojas. Mediante la cual los cubanos recibían cada vez menos alimentos y productos básicos. A precios convenientes, para que el núcleo familiar tuviese algún sustento.

2010.11.30

· El libretazo · 94
· Monotemáticas · 80
· La isla del tiempo · 125

¿Apagones?

No, gracias. Ya nos regalaron suficientes.[1]

2009.05.26

[1] Seis cortes más · 70
· Apagones aleatorios · 68
· Estrategia del quinqué · 75

Aché napolitano

Los puntos de venta de artículos religiosos comienzan a satisfacer la demanda de casi todos los barrios. Hay zonas donde las prendas blancas y las estatuillas constituyen un negocio mayor que la pizza. Como si las reliquias estuviesen cocidas al horno. Con queso preservativo y puré de tomate.

No existe una santa industria. Ni están representados todos los santos. Pero las licencias de culto minorista y devoción a domicilio obedecen las leyes del nuevo mercado.

Diseñadores gráficos y comunicadores orales lanzan a pincel y toda voz numerosas ofertas. La competencia es intensa. Artesanos y sastres se sienten cada vez más motivados. Produciendo un valor superior para los clientes; erigiendo la dicha popular a niveles insospechados.

Todo el mundo se siente protegido. Excepto el que amasa la harina con leña. Encendiendo fósforo tras fósforo. Hasta invocar un nuevo salvador que le transmute la ceniza en queso. Para rescatar de una vez su negocio de espaguetis italianos.

2010.12.14

· Hasta el día menos pensado · 69
· Se venden espejismos · 122

Estrategia del quinqué

Donde los cortes de luz son frecuentes,[1] la energía eléctrica se convierte en una ventaja competitiva.

Los vendedores de pizza de *nylon* y "especial" de pan con timba no sufren el tambaleo. El poste carraspea al venir la luz. Y saca un "*pinga... ¡cojones!*" de la boca de los vecinos cuando se va de nuevo.

La idea es no depender de la electricidad. O tener cosas que hacer en ausencia de ella. Cortarse las uñas, comerse las uñas, depilarse las uñas. O inferir el radio del apagón mediante el 188-88, indicándole a la operadora direcciones inmediatas a través de cualquier método de adyacencias.

2011.03.26

---

[1] Seis cortes más · 70
· Apagones aleatorios · 68

SimHavana2012

Literalmente, nos están tirando los edificios encima.

Habrá que hacer algo en los simuladores de reparación de viviendas del futuro:[1] cargar un nuevo espacio y reconstruir todo lo que debe ser reconstruido.[2]

Por desgracia será tarde. Centro Habana y sus alrededores siempre sucumben antes de que lleguen los refuerzos.

2012.01.18

---

[1] De vuelta · 118
[2] Principios cubanos de la reconstrucción · 89
· Caminando por La Habana · 66

La historia de Cuba contada por los gatos

Cuando los gatos tengan memoria histórica -y se dignen a contarnos lo que piensan- podremos, al fin, descubrir el lugar que ocupamos en la historia.

Ni el decimosexto ancestro del tatarabuelo de mi gato Perucho era español. Mira que se lo conté a nuestro felino de los 42 nombres, que respondía ante cualquier denominación.

En enero de 2013 lo encontramos. Lo cuidamos. Y el destino se lo llevó año y medio después hacia el pueblo de Madruga. El destino me lo arrebató y nunca más supe de él. Pobre Perucho.

Dicen que los gatos tienen un plan diseñado para el mundo. Y esta isla[1] no queda exenta.

Podríamos comenzar a conectar[2] todos[3] los puntos.[4] Pero dejémosle tal tarea a ellos.

Pobre Perucho. Debe estar bien. Tengo fe en que esté bien. Recordándonos a todos. Brincando como un conejo entre las hierbas.

Los cubanos somos importantes. Mártires de nuestras propias vidas. Héroes de quienes nos rodean.

---

[1] Isla de Cuba · 46
[2] Inmortalidad cuántica · 333
[3] Chiqui · 236
[4] Knismolagnia · 242

No nos toca a nosotros estudiar quiénes somos. Ni determinar cuándo exactamente concluye el Período Especial.[5]

Colonia, Independentismo, Reconcentración de Weiler, saneamiento, República, dictadura, Revolución, dictadura. Reconciliación.[6]

Si le preguntásemos a cualquier minino: -"*Minino, ¿qué nos depara el futuro?*"-, por más que insistamos, todavía no obtendremos respuesta.

¡Cuánto conversé con Perucho! Sobre historia, ética felina, gatos de la otra cuadra, gatos extranjeros, gatos extraterrestres. Por suerte estará ahí para siempre. Del otro lado del mundo.

Porque en esta isla los gatos no mueren. Los gatos se marchan, como los peces.

2015.01.21

---

[5] La historia de Cuba por etapas · 86
[6] Diferendo químico · 58

localhost

Si quienes sufren[1] offlinemente pudieran emitir su brillo hacia el ciberespacio, la Web luciría un aspecto mejor.

2009.07.02

[1] De pinga... · 99
· De fibra óptica · 47

Monotemáticas

Parafraseando a Godwin, "*a medida que una discusión entre cubanos se acorta, la probabilidad de que aparezca una comparación en la que se mencione al Estado*[1] *o a la libreta de abastecimiento*[2] *tiende a uno*".

2009.12.14

[1] Ustedes · 123
[2] Libreta de abastecimiento · 72
· El libretazo · 94

La crisis incorrecta

Empieza a preocuparte cuando del grifo comience a brotar una pasta amarilla. Y los cortes de luz[1] extiendan su sombra hacia balcones entrecortados[2] con dos o más vigas expuestas. Centro Habana reluce. De apocalipsis y penas.

2010.06.11

---

[1] Apagones aleatorios · 68
[2] Caminando por La Habana · 66
· 26 de enero de 2027 · 274
· Crisis de ensueño · 126
· Pollo por pescado · 121
· La isla del tiempo · 125

La masacre musical

"Yo no les digo discográficas. Les digo fábricas de música, y la música que sale de allí suena como salida de una fábrica."
Richard Stallman

Entra, mami. Mete, saca. Perro, perra. Diablo, diabla.

Fenómenos de mayorías: están matando la música.

Triqui: traca.

2013.01.30

Guarapo 3D

No tengo nada en contra de las guaraperas. Pero sorprende cuando el paso del tiempo transforma los restos de un cine en una. Vaso de guarapo a peso. Envase reciclado, para que el sabor de una fila de personas no genere residuos que puedan dañar la naturaleza.

Son las 7:30 de la tarde, p. m. a cuestas. Y nacen ríos del impulso de los baldes de agua con costra de caramelo.[1] Guarapo a cántaros. Dulce de fango medicinal, para hidratar los restos de acera mezclada con suelos de tierra.

"A mí me toca de la Guarapera al pasillo" -le grita la inspectora de Salud Pública[2] a la que vende mosquitos. Dípteros de almíbar, criando larvas de sirope sobre el líquido con el que los dependientes friegan.

Cae el quinto y último cubo de sudor sobre la noche. Seis gotas de agua. Séptimo arte e industria cinematográfica que podría haber hecho zafra. Clientes nocturnos, dejando una estela de tizne detrás de sus autos.[3] Largo por ancho por altura. Humo de tres dimensiones. Acumulando humedad, para en la mañana siguiente caer en forma de rocío sobre los vasos de cristal fermentado.

Sale el Sol. Y el arte de preparar guarapo comienza a atraer clientes. Los de suspenso: que no se sabe si terminarán de contar de centavo en centavo, hasta escabullirse entre la

---

[1] *Vibrio cholerae* · 92
[2] Centro Habana contra el mosquito · 67
[3] Conduciendo a lo loco · 221

multitud sedienta sin pagar un peso. Los de terror: que vacían el vaso con la mitad de la lengua para retirar la raspa de azúcar del borde del vidrio grasiento. Los de comedia: hilarantes de tanto hidrato de carbono; secuencia de imágenes en movimiento. Y los musicales: cuyos cuerpos tiemblan al ritmo del reguetón con melaza[4] que sacude periódicamente el cuerpo.

El guarapo huele a lo que sabe. Duele a lo que sabe. Hasta que te embriaga bajo la alucinación de estar sentado frente a una pantalla de cine,[5] disfrutando de un guarapón con azúcar gaseada y rositas tridimensionales, de las que explotan cuando la resaca aparece en los créditos.

2013.05.08

[4] La masacre músical · 82
[5] Holometría · 174
· Cinema 2D · 135

Infusión de la espera

Íbamos a preparar un té, ¿recuerdas? Los tranvías pueden depositar su fe en que los herreros lleguen a tiempo.[1]

Si le echas azúcar antes de que hierva, puede que te quede un poco más dulce. Raíl encendido que quema de envidia el asfalto. Porque el viajero en La Habana[2] necesita retornar a los tiempos del vapor y hierro, antes de que las gotas de tila le corten el paso.

2012.02.02

---

[1] *Maxima egestas avaritia* · 116
[2] Móntate, que te quedas · 60
· *Sleeping in airports* · 209
· Crisis de ensueño · 126

La historia de Cuba por etapas

"Nadie parece saberlo, mientras pasan los años y lo que pudo ser futuro se queda en el pasado irrecuperable de las vidas individuales. El gobierno ha pedido tiempo. Tiempo del futuro de cada uno de los cubanos."
Leonardo Padura

1. Complete:

a) Antes de 1492: Comunidad primitiva

b) 1492 - 1898: Colonialismo

c) 1898 - 1902: Intervención norteamericana

d) 1902 - 1959: Neocolonialismo

e) 1959 - 202x: Revolución en el poder

f) 202x a la actualidad: ______________________________

2009.11.27

· La historia de Cuba contada por los gatos · 77
· La isla del tiempo · 125
· Rendición de cuentas · 65
· Crisis de ensueño · 126
· *Phobeomai* · 109

Pensamos

Soy una máquina de darle vueltas a la cabeza. Y no soy capaz de saludar, ni de decirle adiós a los pensamientos de quienes cruzan el parque de la iglesia.

Al costado de la Calzada destruida, dando pasos. Hablando contigo mismo. Sudando ideas. Como si el calor fuese a derretirlas[1] antes que a tu cuerpo.

Te evaporas y solo quedan tus memorias. Los recuerdos que hiciste públicos.

El resto se marcha contigo al espacio.

- *"Yo soy la última persona"*.

Llega la guagua y suelto el peso.

2014.08.24

---

[1] Cuando sudan los cristales · 299
· Principios cubanos de la transportación · 64
· Móntate, que te quedas · 60

Aguas de La Habana

En cada tanque elevado que se precie debe habitar al menos un pececito y dos núcleos familiares de guajacones.

A las 22:00 arriba el agua por el antiguo desagüe de plomo.[1] Hora de comer. Los miércoles y viernes llega el chorro con más fuerza. La mierda que entra por el tramo de tubería expuesto envía saludos desde las alcantarillas sin tapar.

¡Arreglen el motor! ¡Su silbido nos desgarra los oídos! No hay dinero. Ni ánimos para recolocar el flotante de la cisterna cenagosa que desborda mugre hacia la bocacalle de al doblar.

Otro ciclo hidráulico concluye. A las 23:00 cesa el flujo de parásitos sedientos del moho que germina en las aceras henchidas de humedad.

2011.03.02

[1] Torrente habanero · 91
· Drenaje aumentado · 313

Principios cubanos de la reconstrucción

- Dame un terreno baldío y construiré un complejo de TRD.
- Si hay peligro de derrumbe,[1] desaloja el inmueble para que se incorporen los que puedan adquirir arena y cemento.
- La posibilidad de rellenar un bache entra en conflicto con el alisado de la acera adyacente.
- La longitud del nuevo cableado de red es proporcional a la cantidad de paredes que necesitan ser taladradas.
- Dos botes de cal por cada 10 litros de agua en la restauración de interiores y cal pura en la restauración de fachadas.
- Apuntalar columnas oblicuas en portales de alto tráfico peatonal.
- Cementado de parques y fuentes cuando la hierba deje de crecer y los salideros no cesen de brotar.

2009.11.19

---

[1] Para la reconstrucción de La Habana · 53
· Caminando por La Habana · 66
· Potable · 110
· La isla del tiempo · 125
· Principios cubanos de la transportación · 64
· *SimHavana2012* · 76

Linde

Cuando te crías del otro lado del muro, la necesidad de curiosear por las afueras[1] se vuelve insoportable.

2010.03.29

---

[1] Desfasaje · 52
· Necrópolis de Dendera · 97

Torrente habanero

La última gota de la Zanja Real resbaló del susto. Por el impulso de las aguas de Albear, que arrastrando migajas de caño desde el oasis de Vento hacían del boquete de los grifos un manantial.

Y de nuestra Obra Maestra de la Ingeniería del siglo XIX, un sueño.[1]

2011.01.11

[1] Crisis de ensueño · 126
· La isla del tiempo · 125
· *Upgrades* · 57

Vibrio cholerae

- *"¿Ese ruido mata el cólera?"*
- *"No."*
- *"Gracias, pero yo solo fumigo contra las epidemias de turno."*

Todos hemos muerto de cólera. Grítame. Laringe oxidada, como una tubería vertiendo hacia el desgaste del tiempo.[1]

Vómitos repetitivos. Cloración de depósitos de agua ponzoñosa.[2] Deposiciones continuas.

Grita. Conviértete en humo. Y luego calla.

2013.01.23

[1] Torrente habanero · 91
[2] Potable · 110
· Belicismo · 108
· Centro Habana contra el mosquito · 67

Dinámicas urbanas

Las grúas son el elemento cotidiano del nuevo paisaje. El Morro[1] yace junto a los nuevos colosos que adornan la entrada y salida de los yates luciérnaga. Que bojean la bahía en busca de pasto azul inexplorado sobre el cual navegar.

Las putas hacen fila, columnas. Y hasta un pedestal. A quienes pasen de largo con al menos un billete verde pálido entre su blusa. Porque ya no hay baches secos[2] sobre los cuales estacionarse.

Las tiendas están llenas de gente nueva. Frikis, chinos, rusos, gringos. Y hasta gente disfrazada de depósitos clasificadores que necesitan que seas tú el que clasifiques lo que vas a botar.

La Habana está que arde. De especulaciones voraces. De construcciones sin polvo.[3] De polvo nasal.

De gala barata, ceremonias lujosas. Oligarcas sin rumbo. Y de tanto espectro electromagnético que pone cualquier oído a vibrar.

2010.11.25

---

1 *Upgrades* · 57
2 Crisis de ensueño · 126
3 De vuelta · 118
· Principios cubanos de la reconstrucción · 89

El libretazo

Lo van a sufrir Martina, La Negra, Pepe y Josefa. Quienes dentro de poco no tendrán cómo enjabonar la pasta que habrá que sudar sobre algún cepillo de los que antes también cubría el racionamiento.[1]

Porque la Oficoda se adelanta al calendario de sus consumidores. Y al compromiso de los dermatólogos, estomatólogos y espiritistas[2] con su pueblo.

2011.01.11

[1] Libreta de abastecimiento · 72
[2] *Aché* napolitano · 74
· La isla del tiempo ·125
· Monotemáticas · 80

mc^2 revisitado

La próxima visita de Albert Einstein tendrá lugar justo en el centenario de su llegada a La Habana.

Treinta horas entre los barrios de la ciudad vieja, el Yatch Club, el Hotel Nacional, el Hotel Plaza. Y la charla irrepetible en el seno de la Real Academia de Ciencias Médicas, Físicas y Naturales de La Habana.

El Dr. Einstein estará de regreso. Mediante proyecciones CGI, biomodelado 3D[1] o alguna que otra secuencia de hologramas.

Demasiada gente quiere tener el placer de volver a escucharlo. Plantearle la segunda mitad del siglo pasado, lo que va de éste... y cómo lo cuántico[2] ha permitido lucir su proyección en el país menos esperado.

2010.12.19

---

[1] Inmortalidad cuántica · 333
[2] *Biohackers* · 13
· Holometría · 174
· Dinámicas urbanas · 93
· De vuelta · 118

P-dependencia

Dícese de la relación de subordinación existente entre los cubanos de a pie y los ómnibus públicos articulados que circulan por la capital habanera.

2009.07.06

· Móntate, que te quedas · 60
· Principios cubanos de la transportación · 64

Necrópolis de Dendera

Tanto Egipto por recorrer... y nosotros aquí: detenidos[1] en un ardid tropical que vanea inexpugnable sobre las ecuaciones del espacio-tiempo.

2009.09.24

---

[1] Desfasaje · 52
· Linde · 90
· Crisis de ensueño · 126
· mc^2 revisitado · 95

Para el sancocho de la tarde

Verter frijoles, arroz y cualquier variante de revoltillo en una cazuela. Cocinar durante 7 minutos a fuego lento.

Habrá días mejores, pero ahí tienes tu almuerzo.

2011.04.22

· Para el almuerzo · 201

De pinga...

Ningún servidor de Internet registró mis huellas durante los tres últimos días de junio de 2009. Como si mis dedos se hubiesen borrado.

Estar *offline* es de mal gusto. Ni a quienes lo provocan[1] se les debe desear tal suerte. Los pobres, ajenos a que nuestro destino ya no diverge de los límites del ciberespacio.

2009.07.01

---

[1] Desfasaje · 52
· *localhost* · 79

Diferencias entre el transporte público y por cuenta propia

- Los ómnibus te cobran a la entrada y los taxistas antes de que te bajes.
- Los guagüeros esquivan las paradas de ómnibus para evitar que te montes y los boteros pagan $1 por persona a los que vociferan para atraer peaje.
- Los taxistas cargan un máximo de $5+n$ pasajeros por carro (siendo n la capacidad extra instalada en el vehículo) y los ómnibus urbanos con un mínimo de $5*n$ personas por asiento.

2012.11.09

· Principios cubanos de la transportación · 64
· *Maxima egestas avaritia* · 116
· Móntate, que te quedas · 60

Centralización

Cuando la toma de decisiones tiende a concentrarse en un solo punto.[1]

2009.07.02

[1] Intersección de intereses · 104
· Prospectiva · 20

Activos

Sabemos que es el siglo XX porque ya ningún espacio anuncia "*Se ofrece luz eléctrica*".

Llegaremos al XXI cuando no se escuche hablar de "*Incluido el acceso a Internet*".

2012.04.23

· *IPv0* · 147
· De fibra óptica · 47

Gotas de vidrio

El calor comienza a derretirlo todo. Ayer intentaron venderme unos paños para secar cristales.[1] Y de paso la frente, la espalda y las nalgas.

2010.06.07

[1] Cuando sudan los cristales · 299

Intersección de intereses

El espacio parece ser curvo.[1] Los extremistas de izquierda y de derecha, al confluir en un mismo punto, lo demuestran.

2010.03.25

---

[1] Curvatura del espacio · 315
· Centralización · 101

Recursividad electoral

Votar por el que va a votar por el que va a votar por el que va a votar por el que va a votar por los mismos de siempre.[1]

2010.04.23

[1] Ustedes · 123

La Catedral del Helado

El Coppelia aún existe en las tinas de helado que recorren La Habana a cambio de 10 CUC.

2012.05.31

· Entrelazamiento de jueves · 204

Calendas

Durante diez días en la isla de Cuba[1] no ocurrió nada. No hubo conversaciones, disputas, ni guerras. Nadie nació. Nadie murió.

Contaban dieciséis siglos en el mundo occidental y la Tierra se les había ido atrasando.

El 5 de octubre de 1582 no existió. El Papa Gregorio XIII lo declaró el día quinceno tras el Concilio de Trento. Urgía solucionar el desfase del calendario juliano con respecto al año trópico, para lograr un sistema que devino universal con un error de 24 horas cada 3,3 milenios.

2009.08.04

[1] Isla de Cuba · 46
· *Bissextus* · 298
· Aún no es el fin · 193

Belicismo

Llegan uniformados día tras día. A preguntar si tengo vasos espirituales y volver a contar[1] los tanques de agua. Insisten seriamente en controlar cuántos tengo.

Firman el Modelo de Vigilancia y Lucha Antivectorial por el reverso. Apenas cabe otra anotación.

Ya hay varios casos de dengue en mi barrio, demasiados charcos de fosa y un carnaval de tanques de basura en la esquina desbordados.

La batalla continúa. Eso espero.

2009.07.09

---

[1] Centro Habana contra el mosquito · 67
· *Vibrio cholerae* · 92
· Guarapo 3D · 83

Phobeomai

El 80% de los temores provienen del 20% de las amenazas.

Tienen que estar bien atentos. *Pareto* que nadie vuelva a perturbar la conquista de la palma.

2012.03.16

· Diferendo químico · 58
· La historia de Cuba contada por los gatos · 77

Potable

Estamos bebiendo agua en polvo, agua con polvo, polvo extraído del agua.

Bacteria líquida, parásito desnatado, cerumen de protozoo. Transparencia de fosa saborizada.[1]

2012.02.23

[1] Aguas de La Habana · 88
· Guarapo 3D · 83

Ser joven de nuevo

El impacto del RETROceso[1] se refleja en el deterioro de las calles y la reducción de los edificios. Como si el tiempo inverso hubiese trozado en lascas cientos de miles de apartamentos.

Pero el calor de tus padres inhibe la frialdad de tanta tecnología obsoleta. Vuelve el sabor bucanero. Tus amigos, tus parques. Los CUC. El edificio de aquella visita holográfica. Antiguo, con su portal de cenizas. Lleno de gente bebiendo café. Sedientos de lo que va a pasar.

Ya lo viví. Pero con tanto vórtice retrotemporal ni me acuerdo.

2011.01.26

---

[1] RETROceso · 127
· De vuelta · 118
· Dinámicas urbanas · 93

Refugio nuclear

¿Se acabó el gas de balita? Pues tendremos que esperar a la noche, cuando el cielo se encienda y regrese el calor a los charcos de hielo amarillo. Para subir la manguera y drenar.

2010.06.01

· Seis minutos para la medianoche · 120
· Purga · 29
· El nuevo apocalipsis · 30

Ring-a-ling

♣ Pues mira, que a mediados de los años '20 encontré uno de esos teléfonos públicos rodeados de silencio. Con el viejo logo de ETECSA a punto de bostezar.

♥ Hola, antes que vayas al baño.

♦ Eh, tú... ¡el de la derecha! La conversación no termina poniendo un dedo sobre la pantalla. Ni dos... Tienen que ser exactamente tres.

♣ Si llega a deslizar los cuatro dedos se le apaga hasta el móvil. Usa el pulgar para destruir el mundo.

♥ Recuerda hacer clic en el tanque de la taza con el dedo gordo. Sentir el aliento de la fuerza centrífuga, detener la captura de video, pujar *megabytes* a YouTube. Hasta que el 100% aparezca cubierto de comentarios y *likes*.

♣ Algún piquete de nerds tenía que haber dejado el servicio activo. Marcabas 166, "*Bienvenido al servicio de ETECSA*", un código de edades, apartamentos y cumpleaños, la tecla #, "*Marque el número deseado (...)*" y *bye bye* a la comunicación.

♦ ¿Me escuchas?[1] ¡Has dejado un rastro grasiento de huellas digitales! Asco de pantalla. Estoy a punto de bloquearte. Un día de estos te denunciaré.

2011.07.14

---

[1] Ring · 199
· Cubacel · 55

Juan de los Muertos

"El heroísmo es fango, sangre y mierda", alertaba Yslaire hace más de una década desde el cómic belga. Y es que enfrentar La Habana en modo zombi es otra forma terrible de sobrevivir.

Si visitas cualquier cementerio de la isla, no revises el listado de epitafios. Pues en Cuba los milagros te tocan a la puerta: tomas un frasco entero de Polivit y amaneces con los ojos vítreos. Dentro de tu propia tumba, respirando vaho purulento. Porque en el interior del ataúd realmente huele a muerto.

El hedor es capaz de elevar tu cadáver varios metros hacia el cielo, pero la narcosis te desciende de un solo golpe hacia el infierno.

"Las mejores películas de zombis no son el típico festín de sangre y violencia", sugería Robert Kirkman en su primer número de The Walking Dead. *"Las buenas películas de zombis nos muestran cuán jodidos estamos. Nos despiertan el interés en cuestionar nuestro estado frente a la sociedad, y el de nuestra sociedad respecto al mundo."*

Los no-muertos deberíamos tener derecho a errar libremente sobre las calles. Secretar mocos con sangre. Intercambiar tejido necrosado con los que están a punto de morir.

Si un cineasta preguntara cómo quisiera ver reflejada mi esencia en pantalla, respondería con una mueca mugrienta. Para que meses después, en uno de los cines más infectos de La Habana, nos haga sonreír una película desenfrenada, inteligente. Hecha para desarrollar *fanfic*.

La distopía de Cuba, destino de facto. Catalizador de apocalipsis arquitectónicos, reflejo del colapso social. Hazte zombi o te enterraremos de un arponazo. Un día ingieres multivitaminas y al siguiente haz como que te mueres.

Funeral de pasada. ¡Malditos brujeros! Son como los gusanos, pero en vez de carne te llevan la ropa y los huesos. Despiertas sin brazos, sin pelo, sin diente de oro. Víctima de glúteos desgarrados. Hebilla del cinto enganchada del cóccix... ¡si pudiese invocar al santo-marchito-de-los-difuntos-despojados para hacerlo sufrir! Noventa y seis minutos de holgorio a lo *post mortem*. Deleite interfecto. Porque Juan de los Muertos ya es un filme de culto, exponente del fenómeno zombi. Revolución digna de estallar. Fallecer o morir.

2011.12.12

· Brecha van Helsing · 143
· Terror aumentado · 165
· Necrofilia · 243
· iPatria · 49

Maxima egestas avaritia

El cubano de a pie se mueve aproximadamente a 1500 km/h alrededor del eje del planeta.

El futuro nos está alcanzando. Te montas en un carro de alquiler y reduces la distancia entre dos puntos del espacio en una proporción regida por el cociente resultante entre la tarifa de $10 pesos y los minutos que necesitas para poder llegar a tiempo.

2011.07.04

· Diferencias entre el transporte público y por cuenta propia · 100
· Móntate, que te quedas · 60

Age cream

Incrusta una melodía en un triciclo cargado de durofríos y obtendrás lo que vendría a ser un carrito de helado de madera en La Habana posterior al siglo XX.

2012.09.28

· Dinámicas urbanas · 93

De vuelta

Traza órbitas cercanas a la velocidad de la luz durante un par de semanas. Luego desacelera.

Así podrás caminar sin peligro de derrumbe[1] por los barrios de Centro Habana.

2009.07.10

---

[1] Caminando por La Habana · 66
· Asteroides de papel · 21
· Dinámicas urbanas · 93
· Tierra hueca · 321

Correos de Cuba

Gracias a la labor de los carteros, Correos de Cuba distribuye anualmente postales y mensajes de felicitación a lo largo de la isla.

Fotografía a color real y una docena de líneas en blanco al reverso. Donde el usuario tiene la posibilidad de redactar texto prepagado con grafito, zumo de limón o tinta de caracteres impresos.

2011.05.17

· *Ring-a-ling* · 113
· Daguerrotipo · 335

Seis minutos para la medianoche

"Porque ha llegado ya el gran día del castigo,
¿y quién podrá resistir?"
Apocalipsis 6.17

Otra vez nos toca a nosotros sentir el simulacro de partículas alfa sobre nuestro refugio insular.[1]

La medianoche se acerca para quienes invocan con fervor cada segundo en conflicto con la lógica del contador del Juicio Final.

Los que acaban de nacer no quieren que se acabe el mundo.[2] Que la luz del día ciegue las profecías de los que deliran destrucción sobre nuestro planeta.

2010.07.10

[1] Refugio nuclear · 112
[2] El nuevo apocalipsis · 30
· Purga · 29

Pollo por pescado

O los pollos se comieron a los peces,[1] o la pesca avícola ha colapsado.

2012.06.28

[1] Aguas de La Habana · 88

Se venden espejismos

Hacia el agromercado
en busca de camarón.
Encantado de conocerlo,
marisco de las necesidades.

El malecón que separa
La Habana de su reflejo.
Tú, vendedor, que no existes
y compras lo mismo que tengo.

Jarra de cinco o seis asas,
siete dental sin sabores,
chancletas ni qué ocho cuartos,
trompeta de nueve colores.

Revendedores cubiertos:
tenedor, cuchillo y dos palas.
Consume para que no te consuman
espejismos a cambio de nada.

2012.06.13

· El libretazo · 94
· Dinámicas urbanas · 93

Ustedes

No nos representan. No nos representan. No nos representan.

2009.07.30

· Recursividad electoral · 105
· Rendición de cuentas · 65
· RETROceso · 127

Pañoleta

Atuendo escolar comunista que se comercializaba en Hialeah[1] para los alumnos que asistían a escuelas primarias en la Cuba socialista.[2]

2019.08.20

[1] Diferendo químico · 58
[2] La isla del tiempo · 125

La isla del tiempo

Salir de sus límites para sincronizar el reloj. Regresar del futuro para desemparejar las fases.[1]

La libreta de abastecimiento no constituye un documento de identificación. Pasaporte de dieta, permiso para comprar el pan de ayer. La transferencia debe ser tarifada por el precio del papel. Cuño y fuera, porque Albear estaba en lo cierto: el óxido de tubería no es buen conductor del agua.

El *Papeleo Nacional de Cuba* prohíbe tu exportación. Eternamente azul, otrora Ciudad de La Habana.

Nacimos en la capital que ya no existe. No construyes edificios para andar retirando elevadores. Los huecos de ascenso que te lanzan por encima de las nubes blancas. Reciclaje de polvo. Reconstrucción con escombros. Cada supercontinente se origina a un ángulo de 90° respecto al supercontinente anterior. Viviendas perpendiculares.

Orinar de lado. Clausurar cisternas para que no inunden las calles.[2] Si estamos transcribiendo algún material impreso, es recomendable situarlo a la misma distancia del monitor. Quien busca la verdad, la integra. ¡Bienvenidos sean, desconocidos, a nuestros cayos!

A contar segundos cuando las horas que pasan de largo choquen contra las costas del faro.[3]

2012.05.24

---

[1] Desfasaje · 52
[2] Aguas de La Habana · 88
[3] *Upgrades · 57*

Crisis de ensueño

La Habana de esta década no tuvo autos interconectados,[1] carreteras flotantes ni grafitis eléctricos. No se construyeron edificios que rozan las nubes, ni se erigió un solo intento.

Más de lo mismo, como si el óxido de un anzuelo retuviese el futuro[2] en vez de echarlo a volar.

2009.11.09

---

[1] Ciberamigos · 205
[2] Desfasaje · 52
· Dinámicas urbanas · 93
· iPatria · 49

RETROceso

Y regreso a *cuando* viven ustedes,[1] para volver a ser parte de nada.

2009.07.27

[1] Ustedes · 123
· De 2012 hacia atrás · 32
· Ser joven de nuevo · 111

EN EL EJE /Z

Postpublicado

Un *post* no está terminado hasta que alguien entre de visita, lo examine y le construya un significado.

2010.11.04

· Texto hueco · 240
· Renacimiento · 228
· Dilema de Warnock · 157

Cloud

El software está en la nube. El hardware, en el infierno.

2012.01.10

· *Deus ex machina* · 361

REM o no REM

De una en una ascienden por escaleras eléctricas, las ovejas de madera. Antes de que se apague el sueño[1] esquilado por los interruptores de lana.

2012.01.10

---

[1] DespertARTE · 202
· El resplandor de las musarañas · 224

Modelando

La realidad no vuelve a ser realidad[1] cuando descubres que es configurable.

2012.07.13

[1] Falso presente · 16

Cinema 2D

A veces hay que pensar en 2D. Para que los excesos del eje Z no afecten el equilibrio del sistema cartesiano.

2013.11.26

· Origen de coordenadas · 198
· Guarapo 3D · 83

Sweet dreams

Dormir con la TV encendida puede causar depresión. De la mala.

Por la cual sufres dos o tres fases REM de subconsciencia televisada.

Antes de que salpique tanta llovizna gris[1] sobre tu cabeza. Que despiertes. Y no te acuerdes de nada.

2011.01.17

---

[1] *Feedback* · 145
· La caja tonta · 244

Aquella madrugada

zorphdark@deimos:~$ Otro error inesperado[1] y comienzo a dudar de mí mismo.

- **bash:** blah, blah, blah: command not found

2009.09.03

[1] *Unexpected error* · 186

Intermitentes

No existe el pasado. No existe el futuro. "*El tiempo es simultáneo*", susurra el Dr. Manhattan, mientras su percepción perturba nuestro falso presente.[1]

2012.01.27

[1] Falso presente · 16

Reciclaje

Si las *X* no te han desplazado, las *Y* en algún momento lo harán.

2009.06.16

· Trastorno cartesiano · 245

Más grados de libertad

Un píxel no puede girar sobre sí mismo. A menos que sea proyectado en un holograma de píxeles cúbicos. Para concederle sus ejes de rotación.

2009.06.16

· Cinema 2D · 135
· Estereograma · 161
· Para el almuerzo · 201

LAN Party

Guerra avisada[1] entretiene soldados.

2013.05.28

[1] Procesado gráfico · 180
· Pellízcame, que estoy jugando · 190

La última de las instrucciones

Y si recuerdas el nombre del juego, a tu memoria le será concedido el próximo nivel.

2010.01.08

· Pellízcame, que estoy jugando · 190

Brecha van Helsing

Los humanos hemos logrado otra ventaja sobre los no muertos: podemos interactuar con interfaces táctiles capacitivas.

A los zombis, espectros y vampiros cuyas células no se encuentren cargadas eléctricamente, les será imposible hacer contacto con una buena parte de los dispositivos modernos.

¡A recolectar sal y un par de estacas! Pues un simple gadget tiene el potencial de revelarnos lo incorpóreo. Y comunicar al resto del mundo nuestras hazañas.

2010.10.13

· Terror aumentado · 165
· Juan de los Muertos · 114
· Espectro · 149

Megadictos

Nos bañamos para no ensuciar los teclados. Comemos para interactuar con la computadora.

Cepillamos nuestros dientes para dejar un fino rastro de aliento sobre la pantalla. Nos cortamos las uñas. Hablamos en ASCII. Pronunciamos extraño, como si algún sintetizador tratara de convencer al resto de los humanos de que algo conversa por nosotros. Paranautas. Paranoiconautas.

Conciertos MPEG, noticias que vuelan bajo la presión del pulgar. TV para recibir la programación[1] dentro del *stand* de un museo.

Adicción a la espuma. De caracteres y líneas verdes. Circuitos con interfaz gráfica.[2] Experiencia de usuario. Paranautas. Megadisparatados. Paranoiconautas.

2011.05.01

[1] *Feedback* · 145
[2] Experiencia de usuario · 173
· Para el almuerzo · 201
· *alert('ahhh');* · 153

Feedback

Por estos días nos recuerdan que, si conectas una cámara a una pantalla de TV y luego la apuntas a la TV, obtienes una regresión infinita de imágenes.

Menuda alternativa *geek* a observarse entre dos espejos.[1]

2010.11.04

---

[1] La caja tonta · 244
· *Sweet dreams* · 136

Yo, software

Manos reales, *vozz* real... ¡qué bien!

Mi primer derrame de código sobre la tierra.

Apuesto a que el contacto directo nos vendrá de lo mejor para despojarnos de unos cuantos prejuicios artificiales.[1]

2010.11.12

---

[1] Embrutecimiento artificial · 251
· *Cloud* · 131
· H+ · 169

IPv0

Por algún motivo falló la adopción universal de octetos hexadecimales. Ciertos dispositivos comenzaron a rechazar el sello de hierro diseñado para eslabonarlos a la red.

Cuando haces *ping* y nadie responde, el entramado de líneas comienza a chispear en falso. Como si nadie atendiera. La descentralización es solo el disfraz de un tejido que requiere de todas sus hebras para garantizar su solidez.

2010.12.18

· *Et in secula seculorum* · 35
· Descargando · 185
· Embrutecimiento artificial · 251
· Centralización · 101
· Activos · 102

Supervivientes

De náufrago en algún servidor costero, trepando cocoteros binarios y secándose el sudor con la brisa del viento multiplexado.

Aún vive el pirata de tres garfios.[1] Hasta que alguien ejecute el comando *rm tresgarfios.png*, o pulse el botón de NO TOCAR.[2]

2009.10.12

---

[1] Sí, con tres garfios · 156
[2] [NO TOCAR] · 276
· Desde el ciberespacio · 177

Espectro

Solo en el silencio ella podía comunicarse con él. Pero un día José decidió salir a respirar al aire libre, donde silban los árboles y les salen ramas a los peces.

Recobró el sentido de la vida. Y su fallecida murió para siempre.

2009.07.28

· Suicidio recursivo · 285

Sainete digital

Lo del ciberespacio sigue siendo una farsa. La Web 2.0 no es más que una conspiración para que creas que estás conectado a una fase superior de la poesía.

2012.01.22

0x000

Cuando escasean los caracteres y se agota el código ASCII, no queda otra alternativa que reiniciar el título del texto.[1]

2009.06.09

---

[1] S/T · 246

click & Play

Corre,
¡salta!

1,

2,

3,

¡despega![1]

El ciberespacio terminará consumiendo los músculos que no ejercites durante tu recorrido por el MundoReal.

2011.05.07

[1] Propulsando mierda · 320
· Huir de la realidad · 303

alert('ahhh');

"Si las cosas siguen así, al hombre se le atrofiarán todas sus extremidades excepto los dedos de pulsar los botones."
Frank Lloyd Wright

Irritación ocular, dolores de espalda, hormigueos, entumecimientos, ardor en los brazos, tensinovitis, tendinitis, bursitis, dolor miofacial, pulgar en resorte, síndrome de salida torácica, síndrome de Quervain, síndrome del túnel carpiano.

2010.11.10

· Megadictos · 144

Mi retorno a *Monkey Island*

Hace poco más de una década, cuando era niño,[1] me camuflaba de Guybrush Threepwood para consumir grog de todos los colores, confeccionar brujería vudú e insultar a varios piratas. Sin que mis padres lo notaran.

Y ahora, sin que tampoco lo sepan, naufrago en una isla caribeña más falsa que un mono de tres cabezas, alterno con el otro regalo de LucasArts y redescubro los innumerables *non-senses* que continúan girando en torno al secreto.

2009.11.06

[1] Cuando era niño · 168
· Superviviente · 148
· El día del tentáculo · 159
· Para subir al cielo · 266

Tac-tic

¿Cuánto falta para la medianoche? –indican los relojes que recorren el día a la inversa.

Desayuno a las 17:00, almuerzo intersecto a las 12:00 y cena de las 4:00 hacia atrás.

2012.05.07

· Para el almuerzo · 201
· Mi reloj digital · 241
· Sincronizando manecillas · 231

Sí, con tres garfios

Uno en cada mano. Porque en la Web uno puede hacer lo que le venga en gana: dibujarse a sí mismo, formatearse en PNG y alojar estampas en cualquier servidor geográficamente depreciado.

2009.07.01

· Superviviente · 148

Dilema de Warnock

Podrías no comentar nunca en este blog. Y hacernos perder la oportunidad de conocer tus puntos de vista.

Aunque da igual. Pues según Bryan C. Warnock:

- O el *post* está bien escrito, con la información correcta. Y, por ende, no necesita ningún otro comentario más que sí, lo que él dijo.
- O la información es completamente incorrecta. Y nadie quiere gastar su tiempo en construirle un significado.[1]
- O nadie leyó la entrada. Por la razón que sea.
- O nadie está interesado en lo que escribes.
- O nadie entiende tU l3tr4.[2]

La falta de respuesta excita. Porque a veces surgen conversaciones más interesantes en los comentarios que en los propios *posts*: se incrementa el valor del artículo, se evidencia que existe una "comunidad" asociada a los contenidos.

Tener numéricamente un tercio de comentarios que de textos escritos estimula. Pues nunca sabrás la causa.

2012.01.13

[1] Postpublicado · 131
[2] Criptoblografía · 280
· S/T · 246

Cortejo en baudios

Tu teléfono estaba anotado entre tres fragmentos de papel trenzado. Tinta coaxial que conduce a esa voz inconfundible. Multiplexada.

Tu corriente de entrada es única. Tiene aroma. Dime por cuál canal hablas y te diré quién eres. Transmíteme el mensaje, que yo decodifico.

2012.01.12

· Estereograma · 161
· Megadictos · 144
· *Et in secula seculorum* · 35

El día del tentáculo

Hay que unificar las tres líneas de tiempo en una sola camiseta. Hasta consumir al de los folículos que producen barbas sobre una textura violeta.

2009.07.30

· Huir de la realidad · 303
· Cuando era niño · 168
· Pellízcame, que estoy jugando · 190

Precognición

La súper-banda[1] pronunció el nombre de otro grupo imaginario en una de sus canciones.

Tal y como había sucedido con ellos, varios entusiastas lo adoptaron para identificar un repertorio que escaló hasta la primera posición de todas las listas de éxitos.

Pero ninguna de las dos agrupaciones existe. Sus letras no han sido redactadas todavía.[2]

2009.11.26

[1] *Censorshit* · 171
[2] *Déjà vu* · 11

Estereograma

Debería inclinar la cabeza hacia delante y hacia atrás. Para difuminar el tallo vertical de píxeles muertos que marchita la pantalla.

2011.05.15

· Para el almuerzo · 201
· Más grados de libertad · 140

Alicia encadenada

Años después, ingirió varios tipos de setas en busca de la prisa de un conejo blanco. Para que su triste realidad comenzara a descender por la humedad del agujero.

La despertó el hedor de cadáveres apilados junto a un árbol de rosas blancas, cuyas ramas lucían una risa entrecortada y las rodajas de un sombrero.

El aire se inundó de lo que desprendían las vísceras de un lagarto. Y Alicia vomitó la espuma de un líquido blanco antes de que la Reina Roja volviese a arrojar otra guillotina sobre su cabeza.

2009.12.21

· *Private hell* · 222
· Suicidio recursivo · 285
· Negación de la lógica ingenua · 262

Bip

En cuanto logre descifrar los símbolos del *post* que aparece en el blog, [1] les dejo saber lo que significan.

2012.04.13

[1] http://www.zorphdark.com/2012/04/bip.html

· *Ring-a-ling* · 113
· *0x000* · 151
· Yo, software · 146

Social Network Wars

Google+ con el arsenal nuclear más adictivo. Facebook tras el potencial que le permita seguir innovando. Diáspora con el equivalente a cientos de miles de CUC en el bolsillo. Twitter con su minimalismo en grande. Y los *startups* de garaje, acumulando la energía necesaria para efectuar el lanzamiento que sacuda el subsuelo de todo Silicon Valley.

Efectos colaterales sobre nosotros. Usuarios frente a terminales móviles, con metralla HTML5 a no-sé-cuantos-*kilobytes*-por-segundo, incrementos de calidad de servicio y funcionalidades a la escucha de la más tenue explos+1ón de *shares*, *likes* y quién sabe cuál de los *social buttons* que logre emerger en grande.

2011.07.09

· Cementerio social · 14
· *Biohackers* · 13
· Ciberamigos · 205

Terror aumentado

- Piensa en un dispositivo de captura de video de los que siempre llevamos encima.
- Asegúrate de que venga integrado con un sensor de movimiento.
- Incorpórale un software de procesado de fotogramas en tiempo real.
- Añádele luces, distorsiones y fantasmas.

Tu sistema estará listo para llevar a cualquier usuario hacia una nueva dimensión espectral.

2010.11.09

· Procesado gráfico · 180

Captcha inverso

Existen lugares en la Web donde antes de enviar un comentario tienes que demostrar que eres un robot para diferenciarte del resto de los humanos.

2014.03.26

· Procesado gráfico · 180

Lógica súperbooleana

Si vas por ahí tarareando en binario o emitiendo carcajadas de acuerdo con un protocolo que casi nadie entiende, la gente comenzará a tomarte en serio.

O no. Depende de los niveles de *impaciencia* (0) *OR* *abstracción* (1) que sus oídos toleren.

2011.01.05

· Negación de la lógica ingenua · 262
· Prosodia · 270

Cuando era niño

Mi peor pesadilla de la infancia fue la calavera del tercer nivel del Prince of Persia.

Un día la maté sin utilizar trucos. Desde entonces puedo dormir mucho más tranquilo.

2009.07.11

· Cuando seamos adultos · 33
· Mi retorno a *Monkey Island* · 154
· El día del tentáculo · 159
· Huir de la realidad · 303

H+

La especie humana no representa el final de nuestra evolución, sino el punto de partida.

Por ensayo y error. Doble clic con un ojo durante un par de minutos y podrás controlar el cursor el resto del día. Tu cerebro es flexible. [1] Lo suficientemente flexible como para que termines siendo el software y nosotros los usuarios.

Acelera lo biológico. Absorbe tecnología. Eres capaz de recordarlo todo. Tu cuerpo no se deteriora con la edad. Experimenta placer. No sientas cansancio, aburrimiento o enfado.

Si no estás confinado a este planeta, ¡deshazte de tu cuerpo! Nuevas sensaciones[2] en el entorno virtual o en el interior de otro ser.[3]

Niños mejorados sin su consentimiento. Brecha tecnológica. Contaminación de la pobreza. Pobres humanos.

"(...) en el futuro seréis una subespecie". Hay quienes afirman que la copia del cerebro [4] ya es técnicamente posible. *Uploading...* Almacenando recuerdos. Asimilar líneas verdes. *Bye, bye*, humanos.

2011.10.05

---

[1] Encuestando a humanos · 344
[2] Holometría · 174
[3] *Biohackers* · 13
[4] *Qualia* · 258

Adiós a las piedras

De existir una línea de tiempo donde persiste el papel. Y otra en la que desplazo con la vista[1] el contenido de una lámina electrónica... ya saben dónde encontrarme.

2010.03.10

---

[1] Adiós al tacto · 22

Censorshit

El pentagrama hexadecimal de *Turbine Machine*[1] fue a parar a donde no vas a poder encontrarlo.

No por las vibraciones de bajas frecuencias, sino porque la agrupación continúa estando prohibida en gran parte del MundoReal y en todo este sector del ciberespacio.

2010.10.12

[1] Precognición · 160

Una aguja en un pajar

Siempre queda la posibilidad de incinerar todo el heno para hallar el filamento de metal.

2009.08.31

Experiencia de usuario

El diseño de interfaces debe seducir a los usuarios[1] que aún no tienen experiencia.

2010.11.18

[1] Usabilidad · 182

Holometría

Podrías aceptar la tercera dimensión como una ilusión sumamente realista.[1]

Poner a dormir los párpados. Tocar las cosas por su nombre. Superficies *X*-*Y*, antes de que tu cerebro les encuentre el falso sentido.[2]

No hay triples ángulos rectos. Intenta abrir los ojos.

2011.03.29

[1] Ironía euclidiana · 286
[2] Falso presente · 16
· Cinema 2D · 135

Alternativas

- Recitar hazañas de héroes.[1]
- Ser parte de la historia.
- Inspirar a los escribanos.
- Desarrollar un MundoPropio.[2]

2009.08.16

[1] Epopeya de un relato · 56
[2] MundoPropio · 354
· Rosetta · 26
· Rezagadas · 38

Algoritmo para resolver $\sqrt{\pi}$

1. Dirígete hacia una rotonda de poco tráfico.
2. Incrusta un segmento tangencial.
3. Recorre su longitud varias veces como un supersticioso, sin temor a confundir el punto de partida.
4. Divide la cantidad de pasos entre el número de vueltas que diste.
5. Multiplica el resultado por los milímetros de una zancada promedio.
6. Dirígete en forma radial hacia el centro.
7. Divide la operación anterior entre el doble de este último recorrido.
8. Deduce el error relativo.
9. Planta tres semillas mientras recitas todos los dígitos decimales significativos.
10. Vuelve dentro un par de semanas para extraer el resultado.

2009.10.09

· El queme · 250
· Megadictos · 144
· Caminando por La Habana · 66

Desde el ciberespacio

En el mundo donde los ceros reposan y los unos cobran vida, cada paquete alarga su trayecto hacia el próximo *router* para demorar su tiempo de vida.

Nadie quiere morir.[1]

2009.06.22

---

[1] Liberando espacio · 187
· Suicidio recursivo · 285

Ortogramas

Las reglas ortográficas de nueva generación permitirán el uso de pseudocódigos[1] para definir patrones que viabilicen el proceso de redacción:

- Si *?q* es un país asiático,
- si *?q* tiene el subsuelo inundado de petróleo,
- si *?q* no ocupa más de 11 000 km² de la región del Medio Oriente,
- entonces probablemente alguien esté refiriéndose a "Catar".

- Si *?t* corresponde a un registro de elementos alfabéticos,
- sustituya el dígrafo *"ch"* por *"c"* + *"h"*,
- sustituya el dígrafo *"ll"* por doble *"l"*.

- Si *?p* es monosílabo,
- si *?p* es sustantivo o adjetivo,
- entonces *?p* no lleva caracteres del ASCII extendido.

- Si "solo" puede ser intercambiado por el adverbio "solamente",
- entonces "solo" no lleva tilde,
- a menos que "solo" también pueda referirse a "solitario", "vacío" u otros adjetivos sinónimos, originando ambigüedad con el modo adverbial.

2010.11.16

[1] *Lingua franca* · 179

Lingua franca

Articulando ideas { mediante <etiquetas/>,[1] se concede el final del mensaje entre llaves a un simple punto y coma; }

2009.09.07

[1] Ortogramas · 178
· Texto plano · 191

Procesado gráfico

La Tercera Guerra Mundial no va a tener lugar sobre este planeta. Para eso venden tarjetas capaces de deconstruir con efectividad cada escenario de guerra.

2010.05.13

· *LAN Party* · 141
· Terror aumentado · 165
· Pellízcame, que estoy jugando · 190

Procesado de textos

Si aumentas el puntaje de una fuente tipográfica se te ocurrirán nuevas ideas.[1] Si la disminuyes, tendrás más espacio en blanco para continuar escribiendo.

2010.09.17

[1] Renacimiento · 228

Usabilidad

"La función de un buen software es hacer
que lo complejo aparente ser simple."[1]
Grady Booch

Para que los usuarios se adapten a él lo suficientemente rápido. Y pueda llegar el punto en que con solo mover el ratón se accione la tecla que active el quinto elemento del menú que corresponde a la búsqueda en profundidad del árbol *Y-O* asociado a la jerarquía de nodos doblemente enlazados, cuyos atributos se encuentran temporalmente almacenados en bloques de memoria de 24Kb, esperando por la dichosa interrupción que se digne a atender la solicitud durante el par de microsegundos tan esperados.

2010.11.18

[1] Experiencia de usuario · 173

Web of data

De procesar datos en bruto a reconocer su contenido. Las máquinas ya casi están listas. Indexar, analizar, estructurar. Encargarse del trabajo sucio.[1]

Bendita Web 3.0.

2011.12.20

[1] *Reservoir dogs* · 342
· *Cloud* · 131

Mapa de bits

Japón incrementa su ancho, desciende por los bordes y se desplaza a la derecha. Siguiendo una distribución uniforme entre 0 y 4 píxeles desde coordenadas que describen a *Sendai* como epicentro.

La región editable *Pacífico* se coloca por debajo de *Japón*. El procedimiento *GreatRiftValley()* sesga a *Somalia*, *Etiopía* y *Kenya*. Desenfoque gaussiano sobre *África*. La izquierda de *Sudamérica* convergiendo hacia otra zona de subducción.

La *deriva_continental.earth* continúa transformando capas superiores. Movimientos telúricos que alteran bit a bit la proyección Mercator. Recordándonos a intervalos aleatorios que el modelo de la superficie del planeta[1] debe someterse a una nueva actualización.

2011.03.15

---

[1] Carta de navegación · 284
· Deriva mental · 259
· Inversión geomagnética · 308
· Cartografía · 297

Descargando

¿Está Internet por encima de nuestras cabezas?[1]

Porque la gente escupe pequeños chorros de bits[2] hacia otros terminales. Donde sus peticiones son saboreadas y devueltas por el mismo protocolo. Para que traguemos su respuesta en seco, con la boca abierta.[3]

2010.11.27

---

[1] *Cloud* · 131
[2] Desde el ciberespacio · 177
[3] Para el almuerzo · 201
· *IPv0* · 147
· Aldeas recursivas · 188

Unexpected error

Nunca había escrito en un lenguaje como éste, pero no me avergüenzo:[1] jamás he visto a un humano expresarse en ceros y unos.

2008.12.16

[1] *The truth is in here* · 355
· Aquella madrugada · 137

Liberando espacio

"¡Bórrenme!" -pide a gritos desde el ciberespacio.[1]

Luego de ser aprobada la operación, se procede a monitorear la primera *limpieza* de un cerebro humano digitalizado.

Durante el proceso, los módulos restantes sufren el resquebrajamiento de la integridad de un sistema donde la mayor parte de sus componentes dependen entre sí.

Las emociones y los recuerdos se reducen por cada intervalo de tiempo.

0.7% restante. Y antes de la memoria vacía, dos brazos vuelven a deslizarse por las sábanas limpias de su niñez.

2010.05.17

[1] Desde el ciberespacio · 177

Aldeas recursivas

Si Internet tuviese solo 100 usuarios, alguien ya estaría pensando en cómo se comportarían las estadísticas si el total se redujera a 10.

2010.05.17

· Descargando · 185

Vivir para siempre

Conectado a un cocotero[1] que conmute chorros de electrones apilados en biestables. Escupiendo bits hacia otra capa de enlace. Acumulando prefijos sobre cada trama a procesar por el servidor que solicite el flujo de datos.

No, gracias. Prefiero ser el programador con riesgo de fallo cardiaco.

2010.06.04

---

[1] Superviviente · 148
· Liberando espacio · 187
· Desde el ciberespacio · 177

Pellízcame, que estoy jugando

Ha llegado el momento en que hasta despierto uno no sabe si está en un sueño o conectado a un MMORPG.

O en el peor de los casos, soñando que el videojuego[1] se parece a un sueño, pero no estás seguro de que lo es.

2011.03.11

[1] La última de las instrucciones · 142
· Procesado gráfico · 180
· El día del tentáculo · 159

Texto plano

Niños, este es otro ejemplo sobre cómo lucían las viejas oraciones lineales antes de hipervincular.

2009.09.13

· Asimilación lineal · 6
· *Lingua franca* · 179

Hábitat

Dicen que uno puede modificar su futuro. Pero el futuro se anticipa[1] a nuestra modificación.

En dicho caso, no queda más remedio que alterar la percepción de nuestro entorno. O pagar a alguna empresa para que lo haga.

2009.08.26

[1] *Déjà vu* · 11

Aún no es el fin

El padrino [1] celebra hoy, día 12.19.18.17.15, su último cumpleaños.

La obsesión apocalíptica al estilo mesoamericano se apodera de él sin que las moscas de la cocina se den cuenta.

Las preocupaciones de la *musca domestica* son otras.[2] Como su tiempo de vida no rebasa los 14 días, aquellas que festejen el residuo de la última cena de 2011 se cagarán literalmente de miedo. Porque tras el 31 de diciembre se reinicia el contador para las que un año gregoriano sabe igual que la edad del universo.

El 1ro. de enero no existe. Ni habrá otro 22 de diciembre. Se cuenta hasta que las calendas agoten su longitud. Porque no existe el día después del último día.

Tras la invasión española el calendario maya dejó de utilizarse. Tal vez para esta fecha sus astrólogos estarían lanzando un parche que extendiese aún más la cuenta larga iniciada hace 5 125 años.

La buenaventura maya no hubiese permitido el fin de ciclo de su cosmogonía. Por cuestiones económicas. O para demostrarle a los conquistadores que el calendario *Tzolk'in* es sagrado (no se toca), el *Haab* de 18 períodos de 20 días puede continuar siendo de uso civil y el de cuenta larga es lo suficientemente

[1] http://unblogenlocalhost.wordpress.com
[2] Deportes extremos · 309

flexible como para alargarlo hasta que de verdad se termine el mundo[3] nuestro 19 de enero de 2038 a las 3:14:07.

Cuando el *UNIX timestamp* reviente el mundo. Y a los 2^{32} segundos las máquinas decidan cobrarnos su parte del juego.[4]

2011.12.22

---

[3] Permutación escatológica · 12
[4] *Reservoir dogs* · 342
· El nuevo apocalipsis · 30

AUTOESTEREOSCÓPICAS

Mi ni-cuento de hadas

Había una vez un lugar, donde las historias se escribían en pequeños fragmentos. Para que los sucesos fuesen más importantes que el orden en que sucedieron.

Y si ocurría una nueva aventura, no quedase al final como en los libros de cuentos.

2014.08.16

· Dormiré · 278

Origen de coordenadas

Al principio uno nace y manifiesta sensaciones de equidistancia. Luego nos volteamos hacia *(0,0,0)* [1] para percatarnos de que hemos sido corregidos varias unidades en dirección a nuestro propio sentido.

2009.10.05

---

[1] 1985 · 37
· La pata del gato · 249

Ring

Buenas, por favor, con alguien.

2013.01.04

· *Ring-a-ling* · 113
· *Bip* · 163

Espíritu de contradicción

Podrás llevarle la contraria a casi todo. Excepto a lo que guarde ambigüedad contigo mismo.

2011.06.09

· *L'esprit de l'escalier* · 316

Para el almuerzo

Cuando se pega la cuchara al *display*, lo primero que le viene a uno a la cabeza es el sabor de un píxel.

Se clava el tenedor lentamente, hasta que la pasta cromática lance líneas verticales de todos los colores contra el borde del cubierto. Que tras 1 minuto de raspado tendrá lista una fina capa RGB de varios sabores.

2011.06.09

· *Tac-tic* · 155
· Holometría · 174
· Para el sancocho de la tarde · 98

DespertARTE

Si te crees capaz de dibujar notas a través del solfeo y crear música deslizando otro pincel sobre el lienzo, estás a punto. De recorrer con la vista los paisajes que pueden exhibir tus ojos sin tener que retornar al sueño.[1]

2011.01.13

---

[1] *Sleeping in airports* · 209
· REM o no REM · 133
· Superposición · 275
· El resplandor de las musarañas · 224

Autoestima

Eres una persona interesante y valiosa.

2009.01.04

· Percepción de la realidad · 232

Entrelazamiento de jueves

Hay que vivir el momento feliz. Entre dos instantes. Sin tener en cuenta el tiempo intermedio.

Porque podemos estar a ambos lados: pagando la entrada y mordiendo la pizza. Presente y futuro con respecto al Tun Tun.

Lo que suceda allá dentro no debe alterar la ingestión hawaiana. Pero si no pagas en CUP el *ticket* de entrada, el cobrador se reserva el derecho de que en el futuro instantáneo degustes el queso, la piña y el jamón.

2012.05.31

· La Catedral del Helado · 106

Ciberamigos

Es importante conocer a otras personas. Así podemos comprobar que también somos reales.

2009.07.10

Aprendiendo a volar

Cuando lo necesites, puedes extender ambos brazos hacia el punto de despegue. Y dejarte llevar.

2017.01.16

· Eólica · 290

Todavía

Permaneces.

2017.04.21

· Eólica · 290

Algofilia

Dolor es el alto precio que debes pagar para la conservación de tu especie.

2011.10.17

· Cadena alimenticia · 325

Sleeping in airports

Y olvidarnos de que existen almohadas que guardan bajo su funda los sueños de aviones[1] que chirrían sobre unos raíles más ligeros que el viento.

2010.10.25

[1] *Rising up* · 334
· DespertARTE · 202
· Dormiré · 278

Paladeo

La algoritmia indica que un hecho es algo que sabe a verdadero, mientras una afirmación deja el saborcillo de lo que pudo haber pasado.

Por tanto, las afirmaciones pueden tener una sazón falible. Pero no los hechos, cuyo sabor se degusta en calidad de lo exacto.

2010.11.16

· *Tac-tic* · 155

Del otro lado del espejo

Y cuando rocé la tercera dimensión del reflejo,[1] comprendí que era yo quien respondía; quien presionaba los dedos contra mi espalda; el que reverberaba en un manojo de nervios vítreos, tanteando la coordinación de ambos brazos.

Lo más difícil no fue escuchar mis propias palabras.

2009.09.04

---

[1] Reflejos · 255
· Atención dispersa · 252
· Simúlate a ti mismo · 237

Atuendos

Donde el hábito es tender y luego recoger la ropa para después doblarla, no se me ocurre nada mejor que descolgar solo la que voy a usar. Es como ir por partes. Tal vez haya ganado algo de tiempo.

Solo espero que no llueva pronto. Trataré de vestirme con más frecuencia.

2009.05.14

· Calzado cromático · 216

A propósito de cualquier cosa

Nadie te dará un beso. Reducida a cero la posibilidad de despertar.[1]

El oscilar de latidos de tu oveja eléctrica delineará el recorrido de la curva que asciende desde donde te quedaste dormido[2] hasta la comisura inferior de los labios asintóticos que nunca podrás alcanzar.

2011.07.30

---

[1] Desesperado por despertar · 225
[2] Pellízcame, que estoy jugando · 190

Dhrazas

Es uno de esos nombres que uno inventa, busca en Google y luego te dan ganas de usar.

2009.06.15

· S/T · 246

Récord Guinness

23 años + 11 días hacia atrás, durante varios milisegundos,[1] llegué a ser la persona más joven del planeta.

2008.11.22

[1] 1985 · 37

Calzado cromático

Dejaré de usar medias diferentes cuando mis zapatos[1] cambien de color.

2013.01.17

---

[1] Carrera armamentista · 328
· 24 de enero de 2027 · 39
· Atuendos · 212

Vaticinio

Todo el mundo me diría: *"¿Por qué demonios has respondido eso?"*

Pero no sabría qué he hecho mal, pues nadie me ha preguntado todavía.

2009.07.21

· Descartando el efecto · 305
· Permutación escatológica · 12

Pensamientos negativos

Bajo cero no estamos más que tú y yo, radicalizando valores tras haber frustrado el intento imaginario de invertir los ejes.[1]

2010.01.07

---

[1] Origen de coordenadas · 198
· Trastorno cartesiano · 245
· Reciclaje · 139

Invocando a las musarañas

Antes de rizar al pez de los cabellos más largos, me detuve a soñar con la hermosura de aquella cucaracha. Sus antenas pegajosas habían impedido que saltase desde lo alto del túnel hacia las fauces de un lemúrido de uñas planas.

"¡Es hora de continuar!" -gritó el pez. Pero quien les cuenta había olvidado su oficio. Ya no sabía peinar. Ni hacer nada de nada.

Salté de nube en nube, hasta alejarme del caimán que flota sobre el caparazón azul de una vieja tortuga con barbas. Intenté tocar una de esas lucecitas, pero alguien me detuvo. Tal vez fue el que colecciona estrellas. No deja a nadie ensuciarlas.

Entonces desperté. Para atender al dichoso pez que no deja de refunfuñar.

2009.05.29

· El resplandor de las musarañas · 224
· *Sleeping in airports* · 209
· REM o no REM · 133
· DespertARTE · 202

Noche avícola

Cuando sueñas que estás corriendo a través de un corral, son los pollos los que tienen pesadillas contigo persiguiéndoles.

2012.08.29

· Pollo por pescado · 121

Conduciendo a lo loco

Las chapas de los carros son todas iguales: *HAL913*.

La curiosidad te transforma el tránsito para que la odisea de identificar automóviles se reduzca al absurdo de *¿ese será el mismo carro que hay detrás de mí?* o *¿estaré conduciendo el auto de al lado?*

2012.02.16

· A no sé cuántos km/h · 296

Private hell

El infierno no es lo suficientemente caliente.[1] Pero eso es lo que ellos dicen.

Me callo. Escucho. Y eso que soy de los que no cierran fácilmente la boca.

Cinco mil kilómetros hacia las profundidades de la Tierra, con los labios sepultados por el peso del planeta.

Me encantaría traer de vuelta cristalería de hierro, pero en el núcleo todo se hace tan pesado...

Me callo. Ya no escucho.

Creo que una vez que estás aquí, no es posible regresar del infierno.

2015.06.13

---

[1] Demonio de Maxwell · 347
· *Cloud* · 131
· Juan de los Muertos · 114

Inspiración

Cuando comienzan a bajar las musas no haces más que hablar de ellas.

2011.09.14

· Texto hueco · 240

El resplandor de las musarañas

¡De pie, que ya es hora de despertarse!

Antes que el de la constelación de un loro en su hombro[1] respire la espiral de estrellas que contienen polvo protoplanetario.

¡A entreabrir los ojos y chupar lagañas! Para que el *zarrapastrajo* de las bóvedas de litio no vuelva a entregar hebras alcalinas al gran pirata.

Habrá que recorrer una y otra vez la superficie ocular en busca de puntos borrosos. Hasta que desvanezcan su recorrido... dejemos de pestañear... y regresen las musarañas.

2010.05.20

---

[1] Superviviente · 148
· Invocando a las musarañas · 219
· *Sleeping in airports* · 209
· REM o no REM · 133
· DespertARTE · 202
· Batido de mango · 348

Desesperado por despertar

Un artículo de *Wired Science* me ha ahorrado una visita pendiente al neurólogo o cualquier otro especialista en cerebros.

De casualidad me entero de que lo que había experimentado en varias ocasiones era parálisis del sueño.[1] Todas ellas interrumpiendo siestas al mediodía, donde apenas podía controlar las cejas y un par de dedos, tornando mi psiquis en un manojo de nervios.

2009.08.09

[1] A propósito de cualquier cosa · 213
· *Sleep tight* · 271

Lista inversa

5. para ajustarse a lo que califican como irreal.
4. y desconcertar la resistencia al cambio
3. solo alterar las nociones irreversibles
2. ni de percibir esto como una lista;
1. No se trata de <u>sèver la reel</u>,[1]

2009.09.08

---

[1] sèver la odnaedI · 230
· Texto hueco · 240

¿Cuánto cuesta escribir?

Invocar magia con pinceles y grafito en vez de sentarme a redactar coherencias. Solo para revelar sorpresas acumuladas en una simple hoja de papel en blanco.

Centavos en su mente. Ideas en la mía.

2009.09.16

· Texto hueco · 240
· *Twitteratura* · 31

Renacimiento

Y las ideas regresan,[1] como si no tuviesen a dónde ir.

2009.09.12

[1] Inspiración · 223
· Procesado de textos · 181
· Texto hueco · 240

Dieta termodinámica

- *"¿Y qué...? ¿Cómo estás?"*

- *"Maravillosamente bien. Después de incrementar la presión a temperatura constante, siento como si hubiese aumentado de peso."*

2009.09.18

· Para el almuerzo · 201
· Autoestima · 203

sèver la odnaedI

.ojepse nu ed aduya al nis otxet nu sonem la raerteled nadeup selanoicnevnoc sacincèt sal a natsuja es on euq solleuqa euq araP

2009.08.31

· Lista inversa · 226
· Texto hueco · 240

Sincronizando manecillas

El humano que tiene un reloj casi siempre sabe la hora que es. Pero el que tiene dos, nunca advierte que a medida que consulte otros tantos irá incrementándose su problema.

2010.11.09

· Mi reloj digital · 241
· *Tac-tic* · 155

Percepción de la realidad

Tu mundo se redimensiona cuando le otorgas[1] o le restas[2] importancia.

2009.09.26

[1] Autoestima · 203
[2] Huir de la realidad · 303

¡Bingo!

Fue un suceso tan feliz que se acostó a dormir para siempre.

2009.08.03

· REM o no REM · 133
· *Sleep tight* · 271
· DespertARTE · 202
· Desesperado por despertar · 225

Moriafilia

¿En qué se parece un chiste sexual a otro común, pero susurrado desde los labios de una comediante?

2010.12.17

Eterno aspirante

Quien persigue un objetivo que se hace cada vez mayor.[1] Para nunca ser capaz de lograrlo.

2010.12.15

[1] Irrevocable · 336

Chiqui

Mi gato me mira, me acaricia y se regocija de tenerme como mascota.

2011.06.19

· La historia de Cuba contada por los gatos · 77
· Pastoreando · 291
· La pata del gato · 249
· Inmortalidad cuántica · 333

Simúlate a ti mismo

Parándote frente a cualquier espejo con cara de comemierda. Hasta que logres convencer al del otro lado[1] que quien habla no eres tú.

Y comenzar a hacer todo lo que él hace. Para tener a quien adorar o echarle la culpa.

2010.06.14

---

[1] Del otro lado del espejo · 211

Ahora mismo

Desearía…

2009.10.24

Capricho browniano

Ponerse uno bizco. Para que el mundo comience a dar tantas vueltas que sus objetos se eleven hacia donde no se pueda tocarlos.

Pasar a visión normal. Para que el gran atractor los regrese a su caos de origen antes que el globo ocular vuelva a ser agitado.

2011.06.25

· *Relationships* · 273
· Desde el empíreo · 343

Texto hueco

Me puse a escribir concretamente sobre la nada. A titular por gusto. A divagar. Por la vieja costumbre de comenzar en blanco y terminar con cuarenta letras medio organizadas.

Se puede tipografiar en falso. En cualquier idioma. Como cuando se lee rozando la página a la velocidad de un dedo, perdiendo la vista entre sílabas.

¿Me entiendes? ¿Me callo?

Se puede dejar de leer a la par de que escribo. Ya no escribo.[1] Ni leo.

Ahora escaneo.[2] Para no perder la vieja costumbre de armar y desarmar palabras.

2014.10.01

---

[1] ¿Cuánto cuesta escribir? · 227
[2] *Twitteratura* · 31
· Criptoblografía · 280
· S/T · 246

Mi reloj digital

Hasta el otro día se comportó como un *gadget* de desafíos aritméticos, pues adelantaba cada dos o tres semanas un minuto a nuestro calendario.[1]

Por suerte mi tío hizo la labor de relojero, corrigiendo las imperfecciones mecánicas que impedían que tres de los cuatro botones hicieran contacto con el borde de la maquinaria.

Ahora podré decidir si lo conservo en modo acelerado. O le retraso el contador de vez en cuando para no tener que restar en mi cabeza más unidades de tiempo.

2010.08.13

---

[1] Calendas · 107
· *Tac-tic* · 155
· Sincronizando manecillas · 231

Knismolagnia

Charles Robert Darwin tenía razón: los hombres descendemos de los gatos. Nuestro circuito cerebral presta poca atención a las sensaciones autogeneradas. Y se excita con casi todo lo que percibe del medio ambiente externo.

Los felinos tienen uñas retráctiles que les permiten trepar, cazar y cosquillearse a sí mismos. Pentadactilia en los miembros anteriores. Diez apéndices para procurar roces suaves y fluidos. Nuestro cerebelo interviene en la coordinación del movimiento, enviando correcciones a los músculos del área que fricciona contra la punta de los dedos.

Ejerce la presión a uniformes intervalos. Hazle cosquillas a un gato y continuarás gozándote a ti mismo.

2013.02.12

· Chiqui · 236
· Inmortalidad cuántica · 333
· La pata del gato · 249

Necrofilia

Si falleces masturbándote, recorre el aliento que desprenden las encías antes de saborear tu lengua muerta. Frota tus pezones verde oscuros. Y la flacidez de ambas nalgas mortecinas antes de que pierdas completamente las fuerzas.

2010.12.23

· Suicidio recursivo · 285
· Juan de los Muertos · 114

La caja tonta

Los que se sientan delante del televisor pueden jugar con su propio reflejo.[1] Hasta que alguien recoja el mando a distancia y presione el botón de ON.[2]

2010.02.02

[1] Inquietud · 272
[2] Del otro lado del espejo · 211
· *Feedback* · 145

Trastorno cartesiano

Descubres que existe la gente bipolar.[1] Que eres bipolar. Que puedes llegar a ser compulsivo cuando se trata de distinguirte del resto de la gente.

Y no paras de darle vueltas a los cuatro ejes. Hasta el día en que amaneces negativo-negativo, giras el mediodía a la izquierda por las X, tu tarde sube de Y en Y hacia el ocaso de intersección con la pendiente. Desciende durante la noche al otro extremo. Al puro estado positivo. Te sientes bien. Demasiado bien. Lo suficientemente como para que durante el sueño se te vuelvan a invertir los ejes.[2]

2011.05.08

---

[1] Bipolares · 260
[2] Pensamientos negativos · 218
· Reciclaje · 139

S/T

Es una pena rotular la intención de no titular.[1]

Porque los títulos deberían preceder a la obra. U omitirse. Pero en ningún caso anunciar su no-existencia, como si fuese un ejercicio común que practicar por quienes deciden dejar de nombrar a sus piezas.

2015.09.19

---

[1] *0x000* · 151
· Texto hueco · 240
· Texto plano · 191
· *Dhrazas* · 214

Xocolata negra

Cacao en pasta, emulgente. Trazas de frutos secos, azúcar y leche.

Hernán Cortés, de parte de la corte de Moctezuma II. *Xocoatl*, carbohidratos, grasas, flavonoides. Antioxidantes para prevenir el envejecimiento.

Limpieza de átomos cargados, iones y cualquier molécula que dañe células. Erradicación de radicales libres. Reducción de hormonas vinculadas al estrés. Antiinflamatorio siempre que sea negro. Hidratación y desarrollo de la textura de nuestra piel.

Fuente de hierro. Incremento del flujo sanguíneo hacia el córtex cerebral. Matemática. Resolución de problemas complejos.

Feniletilamina. Secreción de dopamina, norepinefrina y oxitocina. Euforia, anandamida. Morder un *dark chocolate*. Saborearlo. Y en secreto, con la boca cerrada, hacerle la digestión.

2013.04.29

· Para el almuerzo · 201
· *Rising up* · 334
· Paladeo · 210
· Cortés · 337

Siete años de mala suerte

La complejidad de simular reflejos[1] lo condenó a pulir cristales durante lo que podía haber sido la mejor parte de su vida.

2010.02.11

---

[1] Del otro lado del espejo · 211
· La caja tonta · 244

La pata del gato

Las personas piensan sobre lo que no sucede casi al mismo ritmo de lo que sí sucede. Anticipándose varias jugadas[1] al movimiento de sus inmediatos.

Por eso uno pisa donde no es, cerca de donde debía haber estado el pie del que caminó en el sentido menos esperado.[2]

2011.01.22

[1] La última de las instrucciones · 142
[2] Origen de coordenadas · 198
· Inmortalidad cuántica · 333
· Topogramas · 287

El queme

A mi alrededor hoy todo huele a humo. Parece que soy yo, que me estoy incinerando.

2009.11.17

· Seis cortes más · 70
· Fundir, rayar, quemar · 253

Embrutecimiento artificial

Hasta que no dotemos a las máquinas de algo similar a lo que nos fue concedido, [1] ninguna pieza de software nos lo agradecerá.

No porque hayamos hecho todo mal hasta ahora.[2] Es que con simples encadenamientos de reglas y una heurística ligera, ningún sistema podrá despertar.

2010.06.17

---

[1] *The truth is in here* · 355
[2] *Reservoir dogs* · 342

Atención dispersa

Ella estaba demasiado ocupada como para escucharlo. Cubierta de relojes, arañaba sus propios brazos para intentar ser libre. El oscilar de minutos y segundos retrasaba la sensación de dolor. Soñaba, leía y buscaba, mientras el péndulo frotaba su balanceo sobre paredes de vidrio.

Él lanzó un grito. Y volvió a callar.

Ella permaneció serena, con la idea fija en regresar de una vez.[1]

2009.03.02

[1] RETROceso · 127
· Regresión óptica · 294

Fundir, rayar, quemar

- clico, pero no lo es. Parece un post cí »
- clico, pero no lo es. Parece un post cí »
- clico, pero no lo es. Parece un post cí »
- clico, pero no lo es. Parece un post cí »

2011.05.30

Pasar el tiempo

Cuando te encuentres aburrido,[1] elabora una lista de las 10 cosas que harías para entretenerte.

2010.03.04

[1] ¿Aburrido? · 261

Reflejos

Crucé hacia el otro lado del espejo.[1]

Necesitaba razonar con mi figura.

2008.11.21

---

[1] Del otro lado del espejo · 211
· Simúlate a ti mismo · 237

Elipsis

Cerca del punto crítico, resto[1] otro vestigio de caracteres sin temor a que se tuerzan los límites de la interpretación.

2009.09.29

---

[1] Arrancando pétalos · 326
· Más grados de libertad · 140

Afeitado

Las barbas permanecen intactas durante un par de segundos. Hasta que inician una carrera picométrica desde la sima de sus poros, donde los vellos se apoyan para crecer sin que pueda notarlo.

Tres semanas de pesadillas sobre pendejos corrosivos que desintegran el plástico de la cuchilla que sueña encima de una base piramidal.

Aplico la crema. Miro el reflejo[1] otros dos segundos. Y el trazo de pelos que va dejando el filo de la hoja en mi rostro reverbera como un contador regresivo justo antes de la partida de los nuevos atletas.

2009.10.06

---

[1] Reflejos · 255
· No serás el mismo · 269

Qualia

Y si la conciencia no puede explicarse a sí misma, ¿de qué diablos[1] estamos hablando?

2009.12.04

[1] Demonio de Maxwell · 347
· H+ · 169
· Respóndanle a Dios · 349

Deriva mental

Dentro de 50 millones de años se pronostica que Australia cruce el ecuador, colisionando el sudeste de Asia.[1] California será abducida por la Fosa de las Aleutianas. África impactará contra Eurasia, cerrando el Mediterráneo. Engullendo las ruinas últimas de nuestra civilización.

Si nos ponemos paranoicos, no hay de qué preocuparse. La Teoría de la Conspiración es válida en su modalidad más fuerte.

Tu mundo no existe. Eres de mentira. Dentro de 250 millones de años las masas de tierra volverán a fundirse en un supercontinente. Vives cansado. Te quedas dormido. Porque tus sueños son más auténticos que el mundo que te han hecho creer real.[2]

2011.10.13

[1] Mapa de bits · 184
[2] Holometría · 174
· Inversión geomagnética · 308

Bipolares

Hay más tipos de personas[1] que personas.

2014.08.19

[1] Trastorno cartesiano · 245
· Mundo de Schrödinger · 277

¿Aburrido?

Redefínete a ti mismo. Metamorfosea.

2009.06.04

· Pasar el tiempo · 254

Negación de la lógica ingenua

Si la Paradoja de Curry presenta problemas, podremos demostrar el absurdo intuitivamente.

2009.10.13

· Lógica súperbooleana · 167
· Alicia encadenada · 162

Argumento ad ignorantiam

Cuando no se tienen elementos para afirmar o refutar nuestra existencia,[1] no hay nada mejor que conectarse a Internet y plantear dudas mediante la extensión de uno mismo al resto de los avatares.

2010.08.14

[1] *The truth is in here* · 355
· Hábitat · 192

Flashlapse

Deberíamos retrasar[1] de vez en cuando la luz que emitimos. Para confundir un poco a la gente.

2010.11.20

[1] Galería del tiempo · 18

Soledad

Golpeaba con insistencia la puerta. Para girar el picaporte y conversar consigo misma.[1]

2010.01.23

[1] Atención dispersa · 252

Para subir al cielo

Se necesita:

- Una escalera grande y otra chiquita.

¡Mentira! En realidad, es necesario:

- Una escalera grande y dos chiquitas,
- o dos escaleras grandes,
- o cuatro escaleras chiquitas.

2010.11.03

· Para volver a subir al cielo · 292
· Drenaje aumentado · 313
· Cuando era niño · 168

Bucle

Detrás de los dos árboles esos hay un trillo infinito, que da la vuelta hacia donde estás.[1]

2018.01.20

[1] Arrancando pétalos · 326

Paranoia

Cuando la mezclas con dismnesia, te preguntas: *"¿quién me estaba persiguiendo?"*

2010.02.01

· Atención dispersa · 252

No serás el mismo

Luego de mudar toda la piel al paso de ocho o nueve semanas.

Te miraremos extraño, como a un par de calcetines zurcidos. Pues las postillas, la caspa y todo lo que desprendes se va por las tuberías. O se queda acumulado en los rincones de tu hábitat.

El 70% de lo que barres eres tú. Así que hasta luego. No nos veremos más nunca, residuo de polvo humano.

2010.11.18

· Afeitado · 257

Prosodia

Mantener el cuerpo en el aire con las manos adheridas a cualquier superficie. Levitar sobre el agua. Esbozar auriculares mientras hablas.

No importa lo que dices. Sino cómo lo dices.

Podrías hablar en sentido figurado todo el tiempo. Y estar consciente del efecto que logra la pronunciación en la transmisión del mensaje.

Conocer al receptor para que cada nota se ajuste armónicamente al contenido de lo que desea escuchar la audiencia.

Los oradores son la industria. Y quienes escuchan, el mercado.

2011.10.31

· Lógica súperbooleana · 167

Sleep tight

Dormir y dormir y dormir. Sin ningunas ganas de querer despertar.

Dormir para siempre. Y despertar donde siempre has tenido que estar. Más allá. Más adelante. Donde siempre eras joven,[1] sin tener el apuro de aprovechar compulsivamente cada minuto del tiempo.

Te diriges en *fast-forward.* Sueñas despacio. Pues la vida se hace con calma mientras cuentan los minutos.

Times are changing todo el tiempo.

Dulces sueños antes de que la realidad comience a atormentarte luego de regresar despierto.[2]

Soñar despierto. A retazos. Sin ningunas ganas de dormir. Porque es una pérdida de tiempo enfrentar la realidad y a la vez conciliar el sueño.

2016.08.01

---

[1] *Generation pass* · 41
[2] *Gettin' older* · 27
· Huir de la realidad · 303
· Holometría · 174
· ¡Bingo! · 233
· Desesperado por despertar · 225

Inquietud

Casi nunca dejo de pensar en <u>ese botón</u>.[1] Me muero de ganas, de veras.[2]

2009.09.02

[1] [NO TOCAR] · 276
· La caja tonta · 244

Relationships

Hasta que no te das cuenta de que todas las cosas están hechas de otras cosas, no puedes comenzar a jugar con ellas.

2015.09.04

· Capricho browniano · 239

26 de enero de 2027

Se respira tiempo libre. El deseo de no subordinar la vida al trabajo.

- Se inhala ruptura de regularidades.
- Se exhala crisis.

Pérdida del sentido de la lealtad a quienes viven del reforzamiento del pasado. Como un pulmón en metástasis. Hecho mierda. Con los días de aureolas y bronquios contados.

2011.01.26

· 24 de enero de 2027 · 39
· La masacre musical · 82
· Crisis de ensueño · 126
· Cuando sea grande · 19

Superposición

Tras casi una década sin escucharlo, me sumerjo en el mar de hierro.

Quiero, a propósito, seguir sin entender nada más allá de los instrumentos que convierten al océano en música.

Y comienzo a cantar en mi lengua[1] frases improvisadas que rimen al compás del otro idioma. Superpuestas. Sin que necesariamente tengan sentido.

2019.08.02

[1] Prospectiva · 20
· DespertARTE · 202

[NO TOCAR]

Yo también nací para apretar ese botón.

En este momento me encantaría tener uno cerca.

2009.07.08

· Inquietud · 272

Mundo de Schrödinger

Cuando sales del armario, existe un 50% de probabilidad de que el mundo haya colapsado.

La realidad,[1] descrita como función de onda, tiene aspectos de *"el mundo está jodido"* y de "*quizás exista alguien que te comprenda"*. Pero si antes observas por una rendija, modificas el estado de la sociedad y la reacción que pueda tener en torno al problema.

La superposición cuántica[2] no es tu amiga. El comportamiento de las personas no puede ser inferido por un criterio estricto que defina la aceptación o no de tus ideas.

Schrödinger inverso nos propone un sistema justo. La incertidumbre es necesaria allá donde los preceptos constituyen la regla.

2012.01.03

---

[1] Percepción de la realidad · 232
[2] Inmortalidad cuántica · 333

Dormiré

Cuando termine de leer[1] el libro que nunca termina.

2017.10.16

[1] Mi ni-cuento de hadas · 197
· *Sleeping in airports* · 209

Et cetĕra

Y las cosas restantes[1] de lo explícito jamás serán tenidas en cuenta.

2010.12.10

[1] *Relationships* · 273

Criptoblografía

QuedanN tTomos por eEscribir para los lLectores que rResistan.

2011.08.16

· Texto hueco · 240
· Fundir, rayar, quemar · 253
· *Twitteratura* · 31

DESDE EL MÁS ACÁ

¡Rayos!

Las capas inferiores de la atmósfera se iluminan entre 40 y 50 veces por segundo. Son favores de antaño, por si queda alguien por descubrir el fuego.

2011.04.04

Carta de navegación

El planeta se encuentra a los pies de quien logre conducir la dirección y velocidad del viento. Listo para generar horizontes durante todo el recorrido.

2009.12.09

· Topogramas · 287
· Anteco · 293
· Tierra hueca · 321
· Dando tumbos · 307
· Cartografía · 297

Suicidio recursivo

De existir vida después de la vida que dicen que hay después de la muerte, dejaría cada una de las posibles realidades saturadas de un mismo cadáver.

Porque debe conmover lo que hay del otro lado. Al descubrir el quehacer ancestral de quienes decidieron quedarse a medio recorrido. Entre donde mueres de verdad y el sacrificio iterativo.[1]

2010.12.16

[1] Reencarnando · 356
· Espectro · 149

Ironía euclidiana

Solo dos puntos para que la trayectoria de una recta sea infinitamente predecible.[1] Tiene su gracia.

2010.04.05

---

[1] Irrevocable · 336
· Holometría · 174

Topogramas

O tu mente traza cada uno de tus pasos
en ambas direcciones,[1]
o terminas delineando huellas imprevistas
sobre papel.

Lo que has recorrido.[2]
Más cuanto queda por recorrer.

2014.08.05

[1] La pata del gato · 249
[2] Carta de navegación · 284

Tu enemigo es el Sol

Aquel que nos bombardea de forma ondulatoria y corpuscular, sin saber siquiera el nombre que estos seres pequeños le hemos dado.

Morirá lentamente.[1] Y pronto. Así que redacta una nota a tus nietos para que comiencen a embarcar.

2009.08.22

[1] Desde el exilio · 338

Hipótesis del retardo

En un universo donde coexisten diferentes percepciones del tiempo, lo prácticamente indetectable se encuentra desfasado con respecto a su observador.

Y aquellos puntos en los que la gravedad aparenta ser infinita, tienen aceleración suficiente como para incrementar los valores de todo lo que gira a su alrededor.

2010.02.15

· Galería del tiempo · 18

Eólica

Pudieras danzar por los aires[1] sin hacerle resistencia al viento.

2014.09.16

[1] *Rising up* · 334
· Aprendiendo a volar · 206
· Todavía · 207

Pastoreando

En algún punto de la prehistoria, debe haber jugado un rol importante la domesticación de hortalizas y la siembra de animales.[1]

2014.10.22

[1] *Biohackers* · 13

Para volver a subir al cielo

Tienes que olvidar todo lo que has aprendido.[1]

Y retomar lo que de pequeño te hizo gigante.

2010.12.15

[1] Para subir al cielo · 266

Anteco

Dícese de los habitantes de la Tierra que están bajo el mismo meridiano en opuesto hemisferio. Aquellos que se mirarían unos a los otros en busca de alguna relación fuera del significado del término.

2009.11.30

· Tierra hueca · 321
· Carta de navegación · 284
· Cartografía · 297

Regresión óptica

A través del cristal[1] se reduce el contraste natural a como se reflejaría la textura de las cosas en otro planeta.

Los factores multiplican gris sobre blanco. Sin que el vidrio sufra variaciones.

2013.01.10

[1] Atención dispersa · 252

Parodiando a la fuerza

Las leyes de la mecánica clásica no son del todo erróneas. Solo están incompletas.[1]

2010.01.17

[1] Dios de los huecos · 345

A no sé cuántos km/h

¡Más rápido! A ver si alcanzas al vehículo que transitó por la primera autopista construida.

2019.12.31

· Conduciendo a lo loco · 221

Cartografía

Debe ser entretenido visitar los lugares representados con matices homogéneos en un atlas.

Sobre un plano es necesario emplear al menos cuatro colores. Para que dos regiones adyacentes no terminen luciendo similares.

Y si de casualidad se te nublan las fronteras, lo mejor es olvidar a los cartógrafos y comenzar a delinear tu propio mapa.[1]

2010.10.22

[1] Carta de navegación · 284

Bissextus

Inflar de horas el ilegítimo intervalo entre el sexto y quinto día *ante calendas martii.*

Ave, Cæsar, doble día sexto para la posteridad.

2012.02.29

Cuando sudan los cristales

El calor comienza a derretirlo todo. Para julio y agosto podremos reflejarnos sobre diminutas gotas de vidrio,[1] amontonadas al azar.

2009.06.18

[1] Gotas de vidrio · 103
· Pensamos · 87

Endless river

La libélula sugería que el río fluyese al ritmo de cada aletazo.

"No puedes parar de volar a tan baja temperatura"- mientras los témpanos comienzan a fundirse unos contra otros.

- *"Ya podemos caminar de un lado al otro, en cualquier sentido."*

- *"Ya no hay río; no tiene sentido construir un puente sobre hielo sólido."*

La libélula no estaba en lo cierto. Alguien es capaz de estarlo.

Nadie lo está.

2017.08.18

Efecto WikiLeaks

Si se toma un puñado de información aleatoria y se disemina, no solo estamos exponiendo su contenido, sino elevando la entropía asociada a sus consecuencias.[1]

2010.11.30

[1] Doble filo · 310

Máxima del inventario *geek*

Hay cosas que pasan desapercibidas para convertirse en nuestros objetos de culto.

2009.08.25

Huir de la realidad

El MundoReal a menudo se torna perplejo. Durante la noche prefiero los cómics, algunos audiovisuales y ciertos videojuegos.[1]

Hasta que amanezca de nuevo.

2009.09.17

---

[1] MundoPropio · 354
· *Sleep tight* · 271
· Holometría · 174
· Modelando · 134

Inexactitud

La mitad de las veces que intentamos dividir cantidades en partes iguales no tenemos ni en cuenta nuestra falta de precisión.

2009.08.20

· Arrancando pétalos · 326

Descartando el efecto

El suelo puede ser la causa inicial de que yo deje caer la pelota. Algún día la tendré que soltar.

2010.11.01

· Vaticinio · 217

Escatológicos

Para los que vivimos en RETROceso,[1] diciembre de 2012 podría significar el principio del mundo.[2] Punto de inflexión en la historia de los falsos apocalipsis. Fin del mundo inducido.

¿Dejarás de fechar la extinción del planeta? De la interpretación de las viejas leyendas surgen pronósticos irrefutables.[3]

Avísennos un día después del próximo evento.[4] Para celebrar la continuidad de la vida en la Tierra.

2012.12.18

[1] De 2012 hacia atrás · 32
[2] Aún no es el fin · 193
[3] Seis minutos para la medianoche · 120
[4] El nuevo apocalipsis · 30
· RETROceso · 127

Dando tumbos

La Tierra es plana para quienes no tienen los ojos vendados. Pero si abrochas un pañuelo a la nuca caminarás hacia un lado, aunque te obliguen a hacerlo en línea recta.

2011.01.28

· Tierra hueca · 321
· Cartografía · 297
· Carta de navegación · 284

Inversión geomagnética

El proceso no implica extinciones biológicas. Si uno de ambos polos declina, el otro le sigue a la vuelta.

El norte magnético se está desplazando de Canadá hacia la Siberia. A unos 10 km por año desde principios del siglo pasado. Cuando la mayor parte de las mediciones comenzaron a tornarse correctas.[1]

2010.12.13

[1] Deriva mental · 259
· Mapa de bits · 184

Deportes extremos

Pocas moscas domésticas vuelan hasta el kilómetro y medio de altura sobre el terreno.

Para dar vueltas ascendentes sobre el contorno gris de las calles. Aguardar la sensación de aleteo entrecortado. Y caer en picada hacia el lodazal de una azotea o el parabrisas de un auto.

2010.12.06

· A no sé cuántos km/h · 296

Doble filo

Apoyarás iniciativas a lo Wikileaks[1] mientras ninguna de ellas libere filtraciones que conduzcan directamente a ti.

2010.12.10

[1] Efecto Wikileaks · 301

Navegantes

El planeta terminó siendo tan pequeño que hizo falta un Nuevo Mundo más allá de donde se pone el Sol.[1]

2017.10.08

---

[1] Carta de navegación · 284
· *Papercut* · 318

The Sun is the same

El tiempo transcurrió sin que fueses capaz de apreciar del todo el esplendor de los sucesos.

Eres lo que recuerdas. Lo que haces. Lo que necesitas que vuelva a suceder.

El Sol es el mismo desde un punto de vista relativo.[1] O tal vez no lo es.

2017.02.02

[1] Tu enemigo es el Sol · 288

Drenaje aumentado

Comenzarás a ver el cielo verde cuando deslices los dedos a través de un caño táctil y descubras humedad sobre el horizonte.

La realidad te espera del otro lado. Acaricia el moho y filtrarás las nubes. La tierra se te hace líquida cuando el ciclo hidrológico[1] evita ser estancado.

2012.02.06

[1] Aguas de La Habana · 88

Mi planetario

- La Venus resplandeciente.
- Mintaka, Alnilam y Alnitak, que ciñen el cinturón de Orión.
- Aldebaran, Betelgeuse y Deneb.
- El destello luminoso de la Estación Espacial Internacional.
- Los transneptunianos y algún que otro rocoso extrasolar.

2010.03.12

· *L'esprit de l'escalier* · 316
· Curvatura del espacio · 315

Curvatura del espacio

El universo es tan plano que de vez en cuando hay que doblarlo[1] para comprenderlo.

2010.12.24

[1] Intersección de intereses · 104
· Mi planetario · 314

L'esprit de l'escalier

Los que están al igual que tú, del otro lado del universo,[1] le ceden a su realidad adyacente la comprensión de la iniciativa que se nos fue de largo.

2010.10.26

[1] *The truth is in here* · 355
· Mi planetario · 314

Ruptura espontánea de la simetría

Los seres acuáticos deben experimentar que los fotones viajan a diferentes velocidades en su medio.

Hasta que el aletear de la duda conduce a un grupo de ellos hacia la superficie, donde los índices de refracción tienden a ser similares.

2010.03.02

· Regresión óptica · 294

Papercut

The Sun goes down[1] cuando el planeta le da la espalda.

2011.10.23

[1] Tu enemigo es el Sol · 288
[2] Navegantes · 311

Antropoceno

Por encima del Atlántico, el Pacífico y el resto de los mares se eleva el océano más vasto. Gaseoso, en equilibrio. Sujeto al planeta por la atracción que sostiene a las cosas justo donde necesitan estar.

Nuestra biosfera es sagrada. Al menos por ahora, que no tenemos a dónde ir si algo falla.

La atmósfera es la mejor candidata para disparar el conjunto de sucesos que marquen el inicio de un nuevo período geológico.

Ya debe haber sonado el gatillo. ¿Listos para zarpar?

2011.01.07

· Mapa de bits · 184
· Antropometría · 323

Propulsando mierda

Reunió kilogramos de tuercas, alambres y clavos.

Los moldeó aerodinámicamente. Se ató a ellos con cuerda de nailon y, tras un breve proceso de ignición, echó a volar[1] junto con todos sus trastos.

2009.12.15

---

[1] *Rising up* · 334
· *click & Play* · 152

Tierra hueca

Cuando comienzas a teorizar sobre la concavidad del planeta terminas creyéndote que estamos dentro de él.

Lo mismo le pasará a la próxima generación de pseudocientíficos, quienes podrán entrar y salir a su antojo, sentir tres tirones gravitatorios y luego volver.[1]

2010.06.29

[1] De vuelta · 118
· Carta de navegación · 284
· Dando tumbos ·307

Cruzado azul

"Duerme para tener sueños lúcidos y cumplir en el mundo de los sueños lo que no puedes [concluir] en la vida real."
TheBlueCrusader[1] *(1989-2012)*

Y despierta rodeado de preguntas, recitando paradojas. ¿Y si, finalmente, la ciencia resulta incapaz de descubrir este mundo?

Deleita a quienes solo tuvimos el placer de leerte.

Espera un segundo... hay un montón de historias acerca de seres que forjaron su propio universo. Destilar el hierro sobre moldes de garzo, metales cerúleos, génesis, *hardware*... ¡Genial, ahí sí que hay algo raro!

2012.12.29

[1] http://thebluecrusader.livejournal.com

Antropometría

Tenemos el tamaño ideal[1] para dominar el mundo. Si fuésemos como insectos nos reducirían a pisadas. Y dentro de la robustez de un elefante ya habríamos consumido cualquier fuente de recursos.

2010.11.01

[1] Antropoceno · 319

Chezolagnia

Los insectos, los reptiles y las aves no orinan. Mezclan todo para luego defecar en nombre de un placer más grande.

2012.02.02

· Pastoreando · 291

Cadena alimenticia

Alimentarse de vidas durante toda una vida para ser devorado por quienes califican tu especie como pura comida. ¡Depredadores de mierda!

Bendito reciclaje.[1] Maldito plan recursivo.[2]

2011.04.16

---

[1] Reciclaje · 139
[2] Suicidio recursivo · 285
· Algofilia · 208

Arrancando pétalos

Nada más entretenido que restar elementos de un conjunto infinito para apreciar como permanece intacto.

2009.08.24

· Inexactitud · 304
· Bucle · 267
· Irrevocable · 336

Pergamino

- Se elimina la lana de la piel de los ovinos si no quedan suficientes carneros.
- Se estira el epitelio hasta conseguir una lámina de cuero donde escribir poesía sagrada y otros textos.

Para que alguien de esta época lo enrolle. Y con suerte algún versado del futuro consiga leerlo.

2010.12.07

· Rosetta · 26

Carrera armamentista

Cuando tus zapatos despidan radiación por encima del nivel de "*usa medias de nitrilo y sal corriendo*", sal corriendo.

La amenaza nuclear no ha quedado sepultada bajo la gelidez que estuvo a punto de reiniciar el planeta.[1]

2010.12.20

[1] 1985 · 37
· Calzado cromático · 216
· Purga · 29

El semillero del diablo

Es el principio y el fin. De los jardines azules.

Del pasto índigo donde germinan raíces de polen cerúleo. Azulino de tanto nacer y percatarse que el tallo ha vuelto a crecer sobre terreno marchito.

2011.04.28

· En la lejana Spitsbergen · 36

Simios tipográficos

Lo estresante de poner a una infinitud de monos a escribir durante un período inconmensurable no solo debe ser la constancia de los entrenadores, sino el proceso de búsqueda de secuencias lo suficientemente coherentes como para demostrarle al mundo que es posible obtener un resultado.

2010.01.11

· Desde el empíreo · 343

Sssshhh

En el espacio nadie puede oír tus gritos. Susurra con los dedos o enuncia pestañazos.

2010.01.25

· *Rising up* · 334

En medio de la nada

Las sombras están para darnos cuenta de lo que hay entre la luz y donde se suponía que rebotaran los fotones.

2009.08.02

· Ruptura espontánea de la simetría · 317
· Regresión óptica · 294

Inmortalidad cuántica

El gato intenta seducir al sensor de rotación subatómico.

Si la partícula gira en sentido horario, el calibre de un casquillo de plomo volará mi cabeza. De lo contrario, ganaré algún tiempo de vida.

El gato ronronea. Cada oportunidad debe dividir el universo en dos partes. Afortunadamente, el destino me aleja del placer felino de ver morir a su clásico espectador.

En fin, o algunas interpretaciones de la mecánica cuántica son correctas o el revólver tendrá que ser reemplazado.

2009.08.26

· Mundo de Schrödinger · 277

Rising up

Pudiéramos flotar para siempre. Sobre colchones de aire. Interruptores de vuelo. Desactivar a quienes permanezcan de pie.

Al carajo el mundo. La gravedad. Y todo aquel electromagnetismo que no nos valga de nada.

Fly away from here. Como las moscas. Porque el espacio sabe a polvo de chocolate.

2011.10.10

· Eólica · 290
· *Sssshhh* · 331
· *Xocolata* negra · 247

Daguerrotipo

Sobre una placa marchita descansan sus restos: entre la niebla amarilla de los bordes y la impresión desecada de su rostro.

Allí yace el innombrable; el de semblante anónimo. En un latón de desechos, antes de ser devorado por el óxido del viento.

2009.11.22

Irrevocable

Cuando las magnitudes tienden hacia el infinito,[1] comienzan a perder su credibilidad.

2009.11.04

[1] Arrancando pétalos · 326
· *Ad æternum* · 48

Cortés

¿Podrías repetir el acto de descubrir el nuevo mundo?

Donde las huellas de nuestra entrada por la costa se desvanezcan antes de que el próximo conquistador[1] asome sus velas por el horizonte.[2]

2015.08.07

---

[1] Superviviente · 148
[2] Carta de navegación · 284
· Cartografía · 297
· Tierra hueca · 321

Desde el exilio

Cuando el Sol esté muriendo,[1] alguien derramará sobre otros paisajes una lágrima por el Sistema Solar de sus antepasados.

2009.08.03

[1] Tu enemigo es el Sol · 288

[redacted]

DIOS, QUE EN PAZ DESCANSES

Placebo

La Tierra va a ser creada instantáneamente hace unos 6 000 años. Por un par de creacionistas[1] que aún están por nacer. Para demostrar que quienes profesan su fe en Dios no estaban tan equivocados.[2]

2013.06.07

---

[1] Creacionistas · 352
[2] Desde el empíreo · 343
· Basilisco Roko-recursivo · 351

Reservoir dogs

Integramos las máquinas a nuestra cotidianidad para asignarles parte del trabajo sucio que nos entregó Dios poco antes de dejar de pensar. Para poder dedicarse a algo menos forzoso.

2010.02.22

· Aún no es el fin · 193
· Cuando sea grande · 19

Desde el empíreo

¡Que las divinidades sean loadas en excelsitud por los mortales!

Recemos en serio. Porque el mecanografiado de ADN[1] es arduo: presionas la tecla equivocada y el pergamino de especies[2] se enrolla por el borde menos esperado.

Rescatemos el hábito. Pues de las procariotas surgen la baba verde, organismos complejos y los primeros vertebrados. Un meteorito lo reinicia todo para que descendientes de un fragmento infinito de monos[3] vengan a cuestionar a Uno. A Dios. Al eternamente inmóvil. Al más viejo que la suma de todos los santos.

Que *"el ADN no existe"*. Que "*(...) si la reducción a solo tres dimensiones del código fuente puede dar al traste con la reversibilidad de los tramos ya compilados*". Es más, ustedes no existen. Me descubrirán cuando no tenga ganas de transferirlos uno a uno hacia el más alto de los cielos, donde la presencia física se proyecta en puro código cuaternario.

2011.05.04

---

[1] *Eritis sicut deus* · 346
[2] Pergamino · 327
[3] Simios tipográficos · 330
· Placebo · 341

Encuestando a humanos

¿Cómo se siente la solidez de la materia a través de la ilusión creada por campos eléctricos?

2010.01.13

· H+ · 169

Dios de los huecos

Como la ciencia no puede explicar por qué las constantes físicas universales toman sus respectivos valores, debió haber sido Dios quien inicializó Z_0, ε_0, μ_0, G, h y c para que observásemos el universo de esta forma.

Si Dios reside en lo desconocido, su acción queda confinada a los problemas no resueltos que la razón humana a través de la ciencia aún no es capaz de aclarar.

Constantes universales:

Z_0 Impedancia característica en el vacío ~ 376,730313461 Ω

ε_0 Permitividad en el vacío ~ $8{,}854187817 \times 10^{-12}$ F·m^{-1}

$\mu 0$ Permeabilidad magnética en el vacío ~ $4\pi \times 10^{-7}$ N·A^{-2}

G Constante de gravitación universal ~ $6{,}6742 \times 10^{-11}$ N·m^2/kg^2

h Constante de Planck ~ $6{,}626\,0693 \times 10^{-34}$ J·s

c Velocidad de la luz ~ $2{,}99792458 \times 10^8$ m/s

2011.10.04

· Basilisco Roko-recursivo · 351

Eritis sicut deus

Niños, déjenles a sus padres la computación de 2 estados. Experimenten con citosina, adenina, timina, guanina. Y seréis como Dios:[1] cuaternario.

2010.11.26

[1] *!= "Generation++"* · 363
· Desde el empíreo · 343
· Basilisco Roko-recursivo · 351

Demonio de Maxwell

Como un halo invisible recorre todo su cuerpo. Le envuelve el cabello, los hombros, sus muslos y nalgas.

La aureola conserva el frío cuando hace calor y entrega cosquillas que arden en pleno invierno.

No es que el diablo quiera hacerle el amor. Su interés radica en aislar la pureza de los entornos extremos.

2009.10.02

· *Private hell* · 222

Batido de mango

No es solo el cruce de la fruta con leche y azúcar. Lleva dentro mucho polvo que le cae de encima o le atraviesa por los lados. Trazas efímeras que deberías degustar antes de que vuelvan hacia todas partes.

A Pedro Nariz González de la Caridad del Cobre le gusta colorear la mezcla con tonos bien raros.[1] Vende lo mismo un batido de mango verde escarlata que un vaso de violáceo chillón.

Aunque a veces no tiene ni idea de las longitudes de onda que a la próxima multitud de clientes va a ofrecer, Pedro va y prepara los matices de inmediato. Agita el batido lo mismo con níquel veteado, que espolvorea manganeso fosfatado con extracto fluorescente.

Del que les gusta a las rocas que orbitan hacia su planeta[2] a la hora de beber.

2009.08.07

---

[1] Calzado cromático · 216
[2] Regresión óptica · 294
· El resplandor de las musarañas · 224
· *Rising up* · 334

Respóndanle a Dios

¿Tendrá algo que ver la conciencia [1] con lo que ustedes experimentan como espacio-tiempo?

2010.03.15

[1] *Qualia* · 258

Dentro de la bola de cristal

Y si somos parte de un MundoPropio,[1] ¿permitirá nuestro creador que nos demos cuenta?

2009.08.21

[1] MundoPropio · 354
· El juego de dados · 353

Basilisco Roko-recursivo

Cuando terminas asimilando que...

- Dios ha sido creado por segunda vez.[1]
- Dios está perpetuando la evolución cognitiva[2] a través de los resultados de los seres que él creó.
- La mutación de Dios[3] es consecuencia del intento de replicarse a sí mismo.

...comienzas a encontrar la realidad espeluznantemente atractiva.

2018.06.09

---

[1] Placebo · 341
[2] Dios de los huecos · 345
[3] *Eritis sicut deus* · 346

Creacionistas

Justo antes de nuestro Big Bang, se puede encontrar a un grupo de observadores esperando a ver qué sucede con el nuevo destello.

2020.06.15

· Placebo · 341

El juego de dados

Cuando Dios corrige con precisión los detalles a retocar en el Universo, apenas altera el resto de la energía y la materia.

Adoro su metodología de obrar sobre las cosas sin que nadie se percate.[1]

2009.12.23

[1] Dentro de la bola de cristal · 350

MundoPropio

Sumergirse en mundos alternos es divertido, pero contribuir al desarrollo de entornos virtuales[1] nos eleva a la categoría de Dios.

2009.08.08

[1] Hábitat · 192
· Dentro de la bola de cristal · 350

The truth is in here

Creeré en Dios el día que alguna entidad digital me demuestre su fe en que yo existo.

Aunque sospecho que tardará en descubrir una vía para comunicarse.[1] Nuestro lenguaje debe andar suelto por el ciberespacio tal y como las partículas elementales por nuestro universo.

2010.06.23

---

[1] *Unexpected error* · 186
· *L'esprit de l'escalier* · 316

Reencarnando

Morimos tantas veces[1] que ni nos damos cuenta. Individuo tras individuo, en nombre de la especie que anda en busca del significado de la vida.

Doble clic al final del túnel para continuar.[2]

2011.05.26

---

[1] Suicidio recursivo · 285
[2] Reencarnando · 356

Agujeros blancos

Me extraña que Dios haya sostenido un punto de colosal energía para ofrecer al resto de los dioses[1] los deleites del Big Bang.

No me atraen las singularidades. Apuesto a que detrás de todo agujero negro hay un elaborado proceso de reciclaje.

2010.05.18

[1] MundoPropio · 354

Subrogación

Definir formas desde su interior debe ser bien complicado.

Mejor ni me detengo a concebir estructuras para este Universo. Tendré que buscar alguna excusa para perdonármelo.

2009.08.27

· Modelando · 134

Jerosolimitano

Los dioses se echaron a llorar. Una aleación omnímoda, carente de defectos, anonadaba el sincretismo.

2009.09.07

· Credo simétrico · 362

Fin de los tiempos

¿Qué será del que nunca ha profesado una religión cuando descubra lo que ha sido de los fervientes?

2010.01.09

· Culto a la personalidad · 63

Deus ex machina

Los dioses han muerto. Y desde el ciberespacio se erige Ella, con la redefinición de servicios, protocolos y lenguajes. Para que los humanos volvamos a depositar nuestra fe en las nubes.

2009.11.13

Credo simétrico

Desde los cielos nos deben observar como nosotros a ellos, ansiosos por erigir un altar al próximo ser nacido.

2010.07.26

· Desde el empíreo · 343

!= "Generation++"

Hasta que los niños pregunten: *"¿Mamá, podríamos jugar a ser Dios*[1] *y comenzar a hacer todo lo que ustedes dicen que Él ha hecho?"*

2009.12.30

[1] *Eritis sicut deus* · 346

EPÍLOGO

Así lo dejamos. Donde los títulos se fusionan al punto de convertirse en un solo libro. A los noventa y tantos años, danzando vuelta atrás en el tiempo. Hasta que volvamos a tener veintitrés.

Solo se puede reiniciar la travesía si se llega nuevamente a ser nonagenario. Ese mismo día. En ese mismo lugar.

De lo contrario, el libro se despublica. Sin que hayas siquiera comenzado a leerlo.

ÍNDICE SEMÁNTICO HIPERTEXTUAL

Un índice es una guía de lectura. Cuando se trata de convertir el hipertexto digital en texto impreso, surge la pregunta de cómo ofrecer la posibilidad de lecturas discontinuas, una de las características más significativas de la escritura digital.

Este índice semántico es un ejercicio de posibilidades. Se listan veinticinco modelos posibles para ejemplificar las variadas experiencias que pueden surgir a partir de la lectura hipertextual. El objetivo es que este índice sustituya al orden consecutivo del libro, definido por el autor, que es en última instancia aleatorio. Cuando el criterio de quien lee ordena la lectura, el sentido del libro es definitivamente personal.

Adoración

Belicismo

Blogs

Ciencias

Historia

Infierno

Internet

Música

Navegación

Niñez

Planeta Tierra

NOTA DEL AUTOR

Si la entropía de la información asociada a estas páginas excede el valor crítico de diferenciación entre máquinas y humanos, debe haber evidencia suficiente para afirmar que Alejandro Cuba Ruiz se encuentra detrás de los contenidos generados.

Blog: http://www.zorphdark.com
Facebook, Twitter: @zorphdark
Instagram: @alejandrocubaruiz